सावधान! दूल्हे की तलाश है

सावधान! दूल्हे की तलाश है

विजय तेंडुलकर

अनुवाद

पद्मजा घोरपड़े

वाणी प्रकाशन

वाणी प्रकाशन

4695, 21-ए, दरियागंज, नयी दिल्ली 110 002

शाखा

अशोक राजपथ, पटना 800 004

फ़ोन: +91 11 23273167 फ़ैक्स: +91 11 23275710

www.vaniprakashan.in
vaniprakashan@gmail.com
sales@vaniprakashan.in

SAVDHAN! DULHE KI TALASH HAI
by Vijay Tendulkar
Translated by Padmaja Ghorpade

ISBN : 978-93-5072-347-0
Play

संस्करण : 2013
आवृत्ति 2016

मूल्य : ₹ 195

सिटी प्रेस, दिल्ली-110 095 में मुद्रित

वाणी प्रकाशन का लोगो मक़बूल फ़िदा हुसेन की कूची से

सुषमा
और प्रिया
मेरे घर की
इन दो सफल अभिनेत्री बेटियों को—

—बाबा

निर्माता-निर्देशक	:	*कमलाकर सारंग*
संगीत	:	*यशवंत देव*
नेपथ्य	:	*बाबा पार्सेकर*
प्रकाश संयोजन	:	*राकेश सारंग*
ध्वनि-संकेत	:	*प्रकाश सावंत*

भूमिका

सूत्रधार	:	*संजय मोने*
नायिका	:	*प्रिया तेंडुलकर*
तरुण (युवक)	:	*राजन भिसे*
प्रभुवे	:	*शाम पोंक्षे*
अप्पा	:	*माधव आयवल*
आई	:	*ज्योत्स्ना कार्येकर*
पेटीवाला (हार्मोनियम वाला)	:	*अशोक कीर्तने*

नाटक का प्रथम मंचन 'अभिषेक' नाट्य संस्था द्वारा शिवाजी मन्दिर, मुम्बई में 14 दिसम्बर, 1991 को दोपहर चार बजे किया गया।

प्रस्तावना

'अंजी' नाम से जो नाटक अ-मराठी रंगमंच पर मंचित हो चुका है उसका अधिक विकसित रूप है प्रस्तुत नाटक– 'सावधान! दूल्हे की तलाश है!!'

–विजय तेंडुलकर

18 दिसम्बर, 1991

पहला अंक

[(रंगमंच पर जहाँ प्रकाश आता है वहाँ पर्दा है। पहले पर्दा उठता नहीं है! और सूत्रधार तथा पेटीवाला (हार्मोनियम वाला) प्रेक्षागृह से सीधे रंगमंच की चौखट के दायीं ओर रखे चबूतरे जैसी बैठक पर आकर बैठ जाते हैं। वहाँ प्रकाश है और सुन्दर हार्मोनियम पहले से रखा हुआ है।

सूत्रधार ने झब्बा, धोती या लहँगा, जाकिट, मफलर, और कलाई पर गजरा पहना है। हार्मोनियम पर रखी पगड़ी उठाकर सिर पर धारण करता है।

सूत्रधार प्रेक्षकों का अभिवादन कर अपनी बैठक पर जा बैठता है। हार्मोनियम वाले (पेटीवाले) ने फर कैप पहना हुआ है। इससे मंच पर आनन्दमयी वातावरण निर्माण हुआ है। पेटीवाला हार्मोनियम पर सुरों की सुन्दर लड़ियाँ बजाता है। प्रेक्षागृह संगीतमय!

सूत्रधार के इशारा करने पर अपनी विशिष्ट अदा से सुरों को रोकता है।)]

सूत्रधार : (प्रेक्षकों से) मैं आपका परिचित–वही–पुराना–परम्परागत सूत्रधार। (पेटीवाला नांदी का मुखड़ा बजाता है।)

आज मैं इस नये परिवेश में आपसे मिलने आया हूँ! (*पगड़ी की ओर इशारा कर*) यह तो पुरानी निशानी है। इसलिए पहन रखी है कि आप मुझे पहचान सकें। (*भीतर झाँककर*) अरी! सुन रही हो? प्रिये, यह सहनशील रसिक प्रेक्षकगण टिकट खरीदकर कब का यहाँ प्रतीक्षा में बैठा है! नाटक शुरू करना है न? (*रुककर, प्रेक्षकों से*) 'आयी, आयी, इतनी भी क्या जल्दी है' ऐसा कहते-कहते लजाते-ठुमकते मंच पर प्रवेश करने वाली हमारी नटी आज आने वाली नहीं है। (*उसाँस*) नटी के लिए–मात्र आरम्भ के प्रवेश के लिए सत्तर रुपये

नाइट की नटी लाने में हमारा व्यवहारदक्ष निर्माता इन दिनों कोई रुचि नहीं रखता। कहता है—ऐसे ही काम चलाओ! नटी की जगह पर इसलिए यह पेटी है! और ये पेटीवाले भी! हाँ, तो पेटीवाले माय-बाप प्रेक्षकों का अभिवादन कीजिए।

(पेटीवाला नमस्कार करता है।)

झुककर प्रणाम कीजिए, पेटीवाले। ये अपनी माय-बाप सरकार हैं। कभी-कभी नाक रगड़ने की नौबत खड़ी करते हैं। (*प्रेक्षकों से*) हाँ तो, यह प्रयोग है—

सूत्रधार : पेटी का! (*पेटीवाले से*) क्यों पेटीवाले, नाटक का आरम्भ करें?

(पेटीवाला सुर निकालता है।)

पेटी कहती है—मैं आपके पहले यहाँ आयी हूँ! हाँ सच है! और प्रेक्षक भी तैयार हैं। नाटक झेलने को!

(प्रेक्षकों से)

झेलो! पर उठो मत! ऐसा है कि हमेशा का सूत्रधार पिछले प्रयोग के वक्त काम छोड़कर चला गया! कुछ मन नाराज हुआ था! मैं नया हूँ! ना अभ्यास किया है ना तोता रटंती! सरसरी तौर पर 'प्लाट' मालूम है! काफी है! (*भीतर देखते हुए थूक निगलता है*) वाह! सारी नाटकमंडली तैयार है! उत्सुक मुद्रा से सभी इधर ही देख रहे हैं।

(अभिनेता-अभिनेत्रियाँ मंच पर आती हैं।)

आइए! आ गये? अभिवादन कीजिए।

(वे सूत्रधार को ही नमस्कार करते हैं।)

जी नहीं! मुझे नहीं! इन्हें! आपके अन्नदाताओं को! ये हैं इसीलिए हम हैं। ये नहीं होते हैं तो सिर्फ 'वे' होते हैं।...(*नीरस चेहरा कर*) समीक्षक!

(नमस्कार कर वे भीतर चले जाते हैं। पेटीवाला एक सुरावट बजा लेता है।)

सूत्रधार : हाँ तो सज्जनों! अब आज के नाटक का आरम्भ होने जा रहा है! इसके पूर्व, परम्परा के अनुसार नाटक सम्बन्धी प्रस्तावना...जैसा कुछ ...चार शब्द...नाटक आरम्भ हो रहा है...

(पेटीवाला जोर से पेटी बजाता है।)

सूत्रधार : वाह पेटीवाले! खूब।

(पेटीवाला खुश! रंगमंच का पर्दा उठता है। नायिका खड़ी है।

मध्यवर्गीय, परम्परागत पुणे शहर की ब्राह्मण रूढ़ियों वाली नायिका) (अटैची केस, कन्धे पर झोला है।)

सूत्रधार : (*रंगमंच की ओर देखकर*) अब यह कौन? (*प्रेक्षकों से*) कौन होगी? युवा है! स्त्री है! इसका मतलब नायिका होगी। लेकिन सौन्दर्य का एटमबम नहीं है। आजकल के नाटकों में इन नये नाटकों में सीधी-सादी नायिकाएँ रहती हैं। दो हाथ, दो पाँव आदि...साथ में एक समस्या! (*पेटीवाला ताली देता है। वह मन से 'ग्रहण' कर उससे ही*) क्या हुआ?

(*पेटीवाला अँगूठा और तर्जनी मिला 'यंब' का अभिनय करता है।*)

(*प्रेक्षकों से*) ये हमारे पेटीवाले बड़े 'रसिक' दिखते हैं। बिना कारण दाद देते हैं। (*पेटीवाले का चेहरा मुरझा जाता है।*)

हाँ तो, काल की इस धारा में रंगमंच पर जो भी यह खड़ी है, महाराजा! वह कौन है? (*पेटीवाले से*) कौन है? (*कन्धे उचकाकर*) पूछकर देखो! (*गला साफ करके*) मैडम, आप कौन?

नायिका : अजी, मैं अंजलि भिडे, पहचाना नहीं?

सूत्रधार : (*गड़बड़ा जाता है*) नहीं, यह बात नहीं है। चेहरा पहचाना-सा लग रहा है।

नायिका : हो सकता है। मैं कई जगहों पर जाती हूँ। कहीं न कहीं आपने देखा होगा। क्या है कि हम कई चेहरे देखते हैं। कई नाम सुनते हैं। नाम भूल जाते हैं लेकिन चेहरे याद रहते हैं। मैंने जो-जो पुरुष देखे हैं उनको लेकर यही हुआ है।

सूत्रधार : आपके देखे हुए?

नायिका : क्यों? इसमें अचरज लगने-सा कुछ है क्या? मैंने कई पुरुष देखे हैं। अँ हँ। यानी वैसे नहीं। मेरे विवाह सन्दर्भ में ...

सूत्रधार : यानी आप शादी शुदा हैं?

नायिका : नहीं! अभी कहीं तय नहीं हुई। सिर्फ पुरुष देखे हैं। यानी देखने जाते हैं न! वैसे! आपकी नजर में है कोई? होगा तो बताइए।

है कोई आपकी नजर में?
है तो बताइए न!
ग्रेज्यूएट होगा तो सोने पे सुहागा
नहीं तो मैट्रिक क्लास भी चलेगा
पेट भरने की अक्ल हो तो उतना काफी है।

मैं भी कमाती हूँ
हाँ वह यदि 'कमाऊ' हो तो भला होगा!
ऑफिसर
या प्रोफेसर
तनख्वाह?
फोर फिगर में हो
तो कहना ही क्या!
मैं तो नौकरी को करूँगी
बाय बाय!
घर में बैठूँगी
चैन की बंसी बजाऊँगी।
करूँगी एम्ब्रायडरी वर्क या बोनसाय सजावट!
या कुकरी
अमीर पति की रानी
ऐशो आराम में हुई मोटी
आप हँस रहे हैं?
हँसिए! पर
होगा जरूर ऐसा!
न हो, ऐसा तो कोई कारण नहीं!
हाँ, इन बातों से
मोह-लगाव तो है नहीं।
आम आदमी ही सही
पर हो जरूर...
बताना भी जरूर...
कोई जान पहचान वाला... कोई तो...
शर्त नहीं है कोई
होगी तो भी क्या होगी?
हट्टा-कट्टा हो...
तीस वर्ष का? चलेगा!
आयु ज्यादा पर दिखता हो युवा
तो समझो खुल गया भाग मेरा...
हाँ वैसे भी

आयु में रक्खा क्या है?
है न?
मेरे दादा के तो
साठ साल की आयु में
हुआ था...
(बच्चे का एक्शन-हाथ से दिखाती है)
हाँ, पहली शादी हो उसकी
आस यही हो पूरी मन की!
ठीक है यदि
पहली बीवी मरी हो
बीमारी से या दुर्घटना में
उसे भी कहलाएँगे तब पहली शादी... है न?
शादी होकर भी अनब्याहा...
हाँ पर
ऐसा न हो कि
बीवी छोड़ गयी है उसे!
जहर से दोस्ती ठीक न होगी
है न?
होगा 'ऐसा'
या फिर 'वैसा'
तो मैं तो मारी जाऊँगी...
इसीलिए कहती हूँ
बेचलर ही ठीक रहेगा...
या फिर रंडुआ... वह भी चलेगा
पर बताइए तो सही...
जाति-पाँति, कुल-खानदान
कुंडली-ज्योतिष ये सब
ताक पर रखे हैं जी मैंने
बस 'मंगली' नहीं हो
बाकी सब चाहे जो हो... डर नहीं कोई!
ब्राह्मण हो... उपजाति, उपशाखा चाहे जो हो...
मजबूरी में 'सारस्वत' भी चलेगा...

'सी केपी' भी बुरा नहीं होता
कहते हैं पुरुष शराब पीते ही हैं
शराब न पीता हो तो निम्न ब्राह्मण गोत्र-शाखा का भी चलेगा—
होगा कोई देखने में तो ज़रूर कहना!
अब सुनो कुछ
मेरी भी जानकारी...जैसी दिख रही
हूँ वैसी ही मैं
ना हूँ ब्यूटी क्वीन
या ना ही माधुरी या भादुडी...
हाँ
नाक की जगह नाक है
कान हैं सुनते भी हैं
ललाट है, ठुड्डी है
एक मुँह है... तनिक मुँहफट...
दो आँखें हैं,
सीधी लकीर देखती हैं।
ना भेंगी हैं ना जादुई हैं
हूँ आम लड़की—
आम लड़कियों की तरह!
उनकी भी तो शादियाँ होती हैं
तबीयत से ठीक-ठाक हूँ
पाँच फीट एक इंच... लम्बाई
बी.ए. उत्तीर्ण हूँ! थर्ड क्लास ही सही!
गा लेती हूँ।
खेलती भी हूँ।
नुक्कड़ पर — टेनिस ... लड़कियों के साथ हूं!
साड़ी पहनकर!
खाना पकाना आता है—
वेज! नॉन वेज! दोनों!
प्राइवेट ऑफिस में नौकरी है।
साढ़े सात सौ मिलते हैं।
हर साल पाँच रुपये — इन्क्रिमेंट...

'नौकरी छोड़ने को' कहेगा–
छोड़ दूँगी!
उसकी चाह... मायने रखती है–
अब सवाल है–आयु का!
न छुपाते कहूँ?
छुपाना भी क्यों?
उनतीस पूरे हो गये हैं!
आज के हिसाब से ज्यादा नहीं है
और वैसे भी आजकल लड़कियाँ कहाँ करती हैं शादी
कम उम्र में?
सौ चूहे खाकर बिल्ली चलती है हज को...
पर मैं नहीं वैसी बिल्ली...
अपना सिक्का–एकदम खनखन!
पुरुषों से दो हाथ की दूरी बनाये रखी है
स्त्री का चरित्र बड़ा मायने रखता है!
है न?
अप्पा कहते हैं–
देख तो अपने जमाने की छोरियों को ...
कितनी चतुर हैं वे...
पुरुषों को फाँस कर
मंगलसूत्र का फंदा डालती हैं गले में
बेझिझक ...!
वरना तू!
रहने दो मुझे!
मैं ऐसी ही भली!
किसी के जाल में फँसने से
ऐसी ही भली मैं!
हाँ, इतना तनिक ध्यान में रखना
दिखा कोई तो जरूर बताना याद रखना;
है कोई जान पहचान वाला?
है कोई नजर में भला?

सूत्रधार : (*प्रेक्षकों से*) यानी वर ढूँढ़ने का काम सौंप रही है मुझपर ये! यह नाटक का दृश्य है या...?

(पेटीवाले को देखता है। वह पेटी बजाने का बहाना कर देखना टालता है।)

सूत्रधार : (*नायिका से*) हाँ हाँ जरूर! देखूँगा! मिला तो बताऊँगा। ध्यान में रखूँगा...

नायिका : कहाँ बताएँगे? किस के पास?

सूत्रधार : यह भी सच है। कहाँ?

नायिका : रुकिए! (*पर्स में से टिकट निकालकर उसके पीछे पता लिखकर देती है*) हाँ यह लीजिए। पता है केअर ऑफ ल. ग. भिडे। वैसे मेरे नाम पर भी पत्र आते हैं डायरेक्ट! पर क्यों करूँ वैसा? पोस्टमैन पहचानते हैं मुझे! फिर भी! हाँ तो, जरूर जानकारी भेजिए! पहचान नहीं फिर भी आपको तकलीफ दी...

सूत्रधार : इसमें तकलीफ कैसी? लिखूँगा जरूर!

(नायिका मंच पर ही कढ़ाई-बुनाई करते बैठती है। पेटीवाला पेटी बजाने में मग्न।)

सूत्रधार : यह सब नाटक में है या मेरे गले में पड़ा यह झंझट? (*प्रेक्षकों से*) अब आप ही बताइए—इस मामले में मुझे क्या करना चाहिए? यानी नाटककार क्या अपेक्षा रखता है मुझसे? सूत्रधार नायिका के लिए वर ढूँढ़ने जायँ? नाटककार यदि ऐसा चाहता है तो फिर नाटक का क्या होगा? नहीं नहीं। यह सब नाटक का हिस्सा ही होगा! झूठ-मूठ का! लोकनाट्य का विदूषक नहीं। एक चक्कर काटता है कि पहुँचा दूसरे गाँव! फिर एक चक्कर—तीसरा गाँव।

(पेटीवाला पेटी जोर-जोर से बजाता है।)

हाँ! वर शोधन की ऐसी-तैसी! शादी-शुदा बेटी के लिए वर की तलाश! नाकामयाब! क्यों पेटीवाले?

(पेटीवाले का चेहरा उदास।)

- किसी को चाहिए पाँच फुट तीन इंच लम्बाई।
- किसी को चाहिए सुन्दर वधू जैसे हवाई सुन्दरी।
- किसी को नौकरी शुदा बीवी चाहिए।
- किसी को काली सुन्दरी चाहिए काले गुलाब-सी।
- जितने लोग उतनी माँगें-किसम-किसम की पर, हमारी राजकुमारी को डिमांड नहीं...

ब्राह्मण उपजातियों में भी नहीं।

(पेटीवाला उदास सुर गुँजाता है।)

नायिका : (*मुड़कर, उठती है, आती है।*) कहीं कुछ पता चला? आया लड़का नजर में? नहीं न? पता था मुझे? आपका चेहरा इतना उदास क्यों? मुझे इसकी आदत है। अप्पा कहते हैं—'विवाह योग है लेकिन प्रयत्न काफी करने होंगे। मेहनत तो मेहनत! मेहनत करने पर जो मिलता है उस पर अपना हक भी तो बनता है। है न?'

मेहनत ही सच्चाई है।
बाकी सब तो ओसकण
अब है अब नहीं
मथना पड़ता है दही को
तब जाकर माखन
तैर आता है हल्के-से छाछ पर
हाँ, अच्छा हुआ, याद आया
सागर मन्थन करना पड़ा न
तब जाकर मिले नव रतन
बिना संघर्ष-कष्ट बिन
मिली है विजय पताका कहीं किसे?
खून-पसीना एक करने पर ही तो
लहलहाती है फसल खेतों में
किसानों की खेती और दरद वेदना के
पहाड़े पढ़े थे स्कूल में हमने
मेहनतकशों के बलबूते पर
मिलों—कारखानों के महल खड़े होते हैं
मेहनत का पर्याय कोई नहीं
यही नारा है आज का और
हमें गर्व है कि हम हैं
इन मेहनतकशों में एक...
ला रा ला रा...

सूत्रधार : न्यारा न्यारा रे न्यारा...

नायिका : दैट्स इट! दो ताली! अन्त्याक्षरी खेलने की पुरानी आदत लगती है आपकी! जाने दो बाकी सब! मेरी बात इतनी ध्यान में रखना। कहीं

कुछ दिखे, सुनाई पड़े तो बताना—केअर ऑफ ल.ग. भिडे। मेरा नाम मत भूलना—अंजलि—अंजी कहते हैं मुझे घर में! मेरी बड़ी बहन-संजीवनी यानी संजी। और छोटी बहन—मंजिरी यानी मंजी! और मैं अंजी! नहीं। नामों में गड़बड़ नहीं होगी क्योंकि घर में मैं ही होती हूँ अकेली। संजी और मंजी की शादी हो चुकी है। (*कुछ सोचकर*) सच, आपकी शादी हुई है।

सूत्रधार : (*संकोच में*) अं? हुई है। पुरानी बात है वह।

नायिका : देख-परखकर किया या यूँ ही तय हुई?

सूत्रधार : वैसे ही तय हुआ था।

नायिका : यानी प्रेम विवाह?

सूत्रधार : कह सकते हैं।

नायिका : मुझसे पूछेंगे तो मैं कहूँगी लव मैरेज से अच्छा है अरेंज्ड मैरेज।

- प्रेम विवाह का प्रेम शेष रहता है कहाँ?
- वह तो अशेष हो जाता है आरम्भ में ही कहीं
- फिर गृहस्थी—चक्की में पीसना, पीसना और पीसना
- अरेंज्ड मैरेज में सब कुछ नया नया होता है न
- नयी मुलाकात, नयी पहचान, नया जानना।
- एक-एक आशंकाओं से मुक्त होते हुए एक-दूसरे को तौलना
- सुलझते-सुलझाते एक-एक पहेली बूझना
- और पहेलियों के सिलसिलों में उलझ-उलझ जाना
- पहचान के क्षणों में बेपहचान-सा लगना
- हर पल नया और हर दिन नया सबेरा लिये
- जो दिया जो लिया उसके अनोखेपन में डूबना
- नवीनता से मिलना, नयेपन में सुलगना
- नयेपन में झुलसना और नव नवीन बने रहना
- चोरी-छुपे का डर नहीं पर मन में अनाहूत कँपकँपी
- दिल में धड़कन हर पल और अपराध भाव नहीं
- सब कुछ कानूनी, हक और लोकरीति के पलड़े में
- विवाह पूर्व प्रेम में के खतरे का नामोनिशान तक नहीं
- प्रेम के बगैर विवाह, फिर भी विवाह का दान झोली में
- विवाह के पूर्व प्रेम यानी घाटे का सौदा ही बस

क्योंकि सब कुछ पहले ही दे दिया गया होता है! इसीलिए अरेंज्ड

मैरेज ही उत्तम। और वैसे भी शादी यानी लॉटरी ही! है न?

सूत्रधार : सच है।

नायिका : रहने दो अब ये बातें। मुझे देर हो रही है। जलगाँव जा रही हूँ। ट्रेन से! वहाँ एक वर है। पता चला है।

सूत्रधार : अकेली ही?

नायिका : हाँ! अकेली ही! पहले अप्पा आते थे साथ। अब वे रिटायर हो चुके हैं। मैंने सोचा अपनी शादी के लिए उन्हें क्यों हर बार घसीटा जाय? तब से मैं अकेली ही जाती हूँ। मैं लड़के की सारी जानकारी प्राप्त करती हूँ। ठीक लगा तो अ‍ॅप्रोच करती हूँ। वरना आगे की राह। जलगाँव का लड़का कप्हाडे ब्राह्मण है। ग्रेज्यूएट है। नौकरी में नहीं है। मिलेगीं कहीं। मैं हूँ न कमानेवाली! बस! लड़का अच्छा होना चाहिए। देखें! इस बार तो कम-से-कम लड़के की पूरी जानकारी प्राप्त करनी होगी।

सूत्रधार : *(उत्साह से)* ...फिर मैं हो जाता हूँ स्टेशन पर विंडो के पीछे का बुकिंग क्लर्क!

नायिका : नहीं! आप... आप बनेंगे। हाँ... टेंगशे!

सूत्रधार : टेंगशे कौन?

नायिका : अप्पा के दूर के मित्र। जलगाँव में रहते हैं। मैं उन्हीं के घर रुकूँगी।

सूत्रधार : ठीक है। मैं टेंगशं... ओ पेटीवाले... *(पेटीवाला कहीं खोया है।)* पेटीवाले बजाओ–*(पेटीवाला जोर-जोर से बजाता है।)*

सूत्रधार : *(पेटी के सुर के साथ)* आ गया जलगाँव!
(नायिका अटैची केस, झोला उठाकर, घूमकर, दरवाजे की साँकल रुक-रुक कर तीन बार बजाने का अभिनय करती है।)

सूत्रधार : *(जलगाँव के टेंगशे बन दरवाजा खोलने का अभिनय करते हुए नाक में बोलता है।)*
कौन आप?

नायिका : अण्णा, मैं अंजी। अप्पासाहेब भिडे की बेटी। पहचाना?

सूत्रधार : अच्छा? झट् से पहचान नहीं पाता। आजकल कम दिखने लगा है। तिस पर लड़कियाँ बड़ी बनती हैं तो बदल जाती हैं। गर्दशी अप्सरा भवेत! हाँ, सहसा इधर कहाँ?

नायिका : सहसा कहाँ? मैंने पत्र तो लिखा था! मिला नहीं? आपका मकान नम्बर भूल गयी थी लेकिन सोचा, रोड न. ठीक लिखूँ तो पत्र मिलेगा ही। पोस्टमैन तो आपको पहचानते ही होंगे?

सूत्रधार : और यह हाथ में क्या है?

नायिका : सामान! आपके घर में ठहरूँगी।

सूत्रधार : (*अनसुना कर*) क्या कहा? आजकल कम सुनाई देता है। कहाँ चली हो?

नायिका : आपके यहाँ! आपको आपत्ति तो नहीं न? और होगी तो भी मैं थोड़े और कहीं जाऊँगी? अप्पा के मित्र हैं न आप?

(टेंगशे उर्फ सूत्रधार चुप)

नायिका : अप्पा ने कहा है कि मैं आप ही के यहाँ ठहरूँ। वरना आपको बुरा लगेगा। मैंने भी कहा, ठीक है। वैसे और कोई पहचानवाला भी नहीं है यहाँ जलगाँव में!

सूत्रधार : (*नाराज*) यहाँ मेहमान आने वाले हैं रहने! तिस पर पानी का हौज भी फूटा है।

नायिका : आने दीजिए मेहमान को। मैं कहीं भी सो जाऊँगी। घर से स्नान करके चली हूँ। (*सामान रखकर बैठती है।*)

सूत्रधार : किस काम से आयी हो?

नायिका : एक लड़के की जानकारी लेनी है। वर है।

सूत्रधार : किसलिए? मंजू के लिए।

नायिका : नहीं। मेरे लिए। मंजू की शादी हो गयी है। उसके दो बच्चे हैं।

सूत्रधार : फिर?

नायिका : मेरे लिए। (*हँसकर*) देख क्या रहे हैं? मेरी शादी होनी है। अचरच लगा?

सूत्रधार : वैसे नहीं। मंजी तुझसे छोटी न?

नायिका : हाँ। तीन साल छोटी। संजी मुझसे बड़ी। उसकी शादी हुए पाँच साल हुए। उसके तीन बच्चे हैं। अप्पा रिटायर्ड हो गये हैं। अप्पा, मैं कपड़े बदलकर आती हूँ। इन यात्रा के कपड़ों में चैन नहीं आता।

सूत्रधार : (*टेंगशे की भूमिका त्यागकर पेटीवाले को इशारा करता है। वह पेटी बजाता है। सम पर आता है और कपड़े बदली हुई नायिका दिखती है।*)

नायिका : अण्णा, लोखंडे गली में के पटवर्धन को जानते हैं।

सूत्रधार : (*टेंगशे बना हुआ*) लोखंडे गली? नहीं।

नायिका : ओव्हरसीअर आहेत। दत्तोपंत मोरेश्वर पटवर्धन! उनका बड़ा बेटा शादी के योग्य है। रघुनाथ नाम है। कैसा है?

सूत्रधार : कुछ पता नहीं।

नायिका : (*पर्स में से पत्ते का कागज निकालकर*) वे दत्तमंदिर के पास रहने वाले मुंजे?

सूत्रधार : नहीं जानता।

नायिका : वे पटवर्धन के दूर के जमाई हैं। उनसे परिचय होगा तब ही कुछ पता चलेगा। आजकल पटवर्धन से उनकी पटती नहीं है। ठीक है। चलते हैं उनके पास। देखते हैं क्या कहते हैं मुंजे। पहचान नहीं इसलिए बात ही नहीं करेंगे ऐसा थोड़े ही है?

सूत्रधार : (*टेंगशे की भूमिका त्यागकर पेटीवाले को इशारा करता है। पेटीवाला पेटी बजाता है। मंच पर मुंजे आते हैं।*)

नायिका : (*पर्स के साथ*) नमस्कार। आप श्री मुंजे हैं? मुझे आप से काम है।

सूत्रधार : (*मुँह में जैसे पान दबाया हो*) मुंजे उधर! पड़ोस में।

नायिका : माफ कीजिए। मुझे लगा शायद...(*अगले दरवाजे पर*) मुंजे यहीं रहते हैं?

सूत्रधार : (*मुंजे होते हुए*) हम मुंजे। साबुन बेचने आयी है तो आगे बढ़ो।

नायिका : साबुन... (*हँसती है।*)

सूत्रधार : इसमें हँसने की क्या बात है।` सेल्सगर्ल्स आती हैं–तंग करती हैं!

नायिका : आपकी कोई गलती नहीं है। मुझे ही हँसी आयी।

सूत्रधार : फिर हँसिए।

नायिका : मैं कुछ अलग काम से आयी हूँ। हम भीतर बैठकर बात करें?

सूत्रधार : नहीं। यहीं पर कहिए जो कहना है। क्या काम है?

नायिका : पर... यहाँ? खड़े खड़े? भीतर आराम से बात होगी...

सूत्रधार : यहाँ इत्मीनान है।

नायिका : कुछ बातें खड़े-खड़े नहीं की जा सकतीं... बैठकर...

सूत्रधार : नहीं! यहीं ठीक है। घर में कोई नहीं है। श्रीमती जी मायके गयी हैं।

नायिका : (*जैसे समझ गयी हो*) तो क्या हुआ?

सूत्रधार : तो क्या हुआ।

नायिका : ठीक है। यहीं पर पूछती हूँ। ओव्हरसीअर पटवर्धन को आप पहचानते हैं?

सूत्रधार : अच्छी तरह! आप उनकी कौन?

नायिका : कोई नहीं!

सूत्रधार : पक्का?

नायिका : हाँ पक्का!

सूत्रधार : साला दुनिया में का नम्बर... (*संयत होकर*) हाँ पूछिए! (*संशय से*) किसलिए पूछ रही हैं।

नायिका : साफ-साफ कहूँ तो उनके बेटे रघुनाथ के लिए लड़की सुझानी है। यानी वैसे सोच रहे हैं।

सूत्रधार : रघुनाथ? बत्तीस पार कर चुका है।

नायिका : जानती हूँ। घर के लोग कैसे हैं? उनका स्वभाव? लड़की उस घर में जाने वाली है इसलिए घर... खानदान...

सूत्रधार : उम्र के बत्तीस साल तक लड़का कुँआरा रहा है। आप इसी से जो समझना है समझ लीजिए और निर्णय...

नायिका : यानी लड़के में कुछ कमी या फिर...

सूत्रधार : हमें ज्यादा कुछ कहने पर क्यों मजबूत कर रही हैं।

नायिका : यह बात नहीं है। कई कारणों से शादी की उम्र टल जाती है। उदाहरण के तौर पर घर की जिम्मेदारी...

सूत्रधार : पटवर्धन ने खूब इस्टेट जमा कर रखी है। दो-दो हाथों से (*खाने का अभिनय*) ऊपर से मक्खी चूस! खर्च कुछ नहीं...

नायिका : प्रेमभंग के कारण भी कोई बिना शादी का रह सकता है...

सूत्रधार : लड़का देखिए और फिर कहिए क्या कोई लड़की ऐसे लड़के से प्रेम कर सकती है।

नायिका : लड़के ने किसी से किया होगा...

सूत्रधार : किसी एक से किया होता तो बात समझ में आ सकती है...

नायिका : यानी? आप जानते हैं?

सूत्रधार : फिर भी बताऊँगा नहीं। चाहे जैसे हो है तो हमारे रिश्ते में। यदि पता चलेगा तो हमारी खैर न होगी। इससे तो चुप रहना ही बेहतर होगा। हाँ, पूछिए और क्या पूछना है।

नायिका : यदि उन प्रेम प्रकरणों में से आज की तारीख में कुछ शेष नहीं होगा तो भी सोचा जा सकता है। वैसे भी! आजकल कौन किसका चरित्र पूछने जाता है? अब भी कुछ चल रहा है क्या?

सूत्रधार : आप जैसी आयु में कोई स्त्री ऐसी बातें करे इसी का आश्चर्य है। मैं साफ-साफ ही पूछता हूँ, क्या आपको अपनी बेटी को नरक में झोंक देना है?

नायिका : (*नाराज होकर*). बेटी... मेरी नहीं।

सूत्रधार : अच्छा अच्छा! सौतेली बेटी है? बत्तीस के अधेड़ बुड्ढे को देनी है

यानी...

नायिका : (*थूक निगलकर*) वैसे वह भी... कुछ ज्यादा उम्र की है...

सूत्रधार : यानी कितनी? पच्चीस की? तो क्या हुआ? इतना सौतेला-पन ठीक नहीं है हँ!

नायिका : सौतेलापन नहीं है यह...

सूत्रधार : तो क्या है?

नायिका : वैसे... मैं लड़की की चचेरी बहन हूँ!

सूत्रधार : चचेरी बहन हो चाहे मौसेरी बहन! या फिर खुद आप ही हो। हमें क्या करना है? आपने पूछा इसलिए बता दिया! सूत्र रूप में! अब आप जो समझना है समझ जाइए! हमारी बातों पर गौर कीजिए! वरना उस घर में आपकी चचेरी बहन। फिर मत कहना कि हमने आगाह नहीं किया था। दैट्स ऑल! (*लोकनाट्य की शैली में प्रेक्षकों से*) मुंजे (*प्रकरण समाप्त!*) (*पेटीवाला कहीं खोया हुआ-सा बैठा है!*) अजीब है। जब जरूरी है तब नहीं बजाओगे! और जब नहीं चाहिए तब बजाओगे!

(पेटीवाला दबे सुर गुँजाता है।)

(*नायिका से*) अब आगे?

नायिका : आगे क्या? प्रथमग्रासे मक्षिका पात! मामला खतम! बाकी सब चल जाता! घर का माहौल, लड़के की कुरूपता, उसके प्रेम प्रकरण...! लेकिन आज भी यदि 'प्रेम प्रकरण' चल रहा है तो ... तब तो लड़की के लिए—यानी मेरे लिए खतरा है न? जनम भर रोते रहने की मुसीबत मोल लेने जैसा होगा। इससे अच्छा है इस को यहीं पर...

सूत्रधार : बिल्कुल ठीक। अब आगे?

नायिका : आगे क्या? पुणे लौट जाएँगे।

सूत्रधार : बुरा हुआ।

नायिका : मैं कहती हूँ अच्छा हुआ! वरना फँस जाती मैं किसी खतरे में! वह तो बची! विवाह यानी जैसे-तैसे गले में मंगलसूत्र बाँध लेना थोड़े ही है? वह तो जनमभर का रिश्ता है! हम प्रयत्न करते रहेंगे। मैं अभी भी आशावादी हूँ।

सभी को थोड़े ही हेमा मालिनी होना आता है?

सभी गावस्कर शतकवीर नहीं होते न?

कोई इन्दिरा चूल्हा-चौकी भी सँभालती है और कोई गाँधी हड्डियों

का हकीम भी होता है!
तब हम होते ही हैं।
ना महान! ना लोकोत्तर!
फिर भी हम 'हम' होते हैं!
हम जीते हैं। साहस भी करते हैं।
मन ही मन!
मन ही मन
हम अप्सराएँ होती हैं
हम षट्कार-छक्के लगाते हैं
अपनी 'कोयल आवाज' में
दुनिया को जीतते हैं
मन ही मन!
हाँ, इसीलिए
बड़े होने के दुःख भी नहीं होते हमें
और बड़े होने के सारे सुख भी भोग सकते हैं हम!
कैसे?
पूछो तो सही!
हम कम-से-कम
सपनों में तो जी लेते हैं।
और
उनको तो सपने ही जीना होते हैं।
हमारा भविष्य होता है
उनका तो सिर्फ इतिहास होता है।
जब हम चढ़ाव पर होते हैं
वे ढलान पर होते हैं
वे खत्म होने के कगार पर
और हम आरम्भ बिन्दु पर।
इसीलिए
मैं हूँ आशावादी! हाँ, आशावादी हूँ मैं!
हम थरथराती पाती
बाढ़ में बच निकलने वाली!
हम पार्श्व संगीत की तरह!

वे मौत के सामने पहुँचे हुए।
हम कछुआ
वे खरगोश-हारनेवाले!
हम जनता!
वे नेता—हमारे भरोसे पर के डिपॉजिट बरामद होने की स्थिति में...
जब उनका सब कुछ छिन जाता है तब भी
हमारा अपना अपने तक को सम्भालने वाला...
रहा होता है अपने पास!
जब उनकी फजीहत होती है
तब हमारी बन्द मुट्ठी लाख की साबित होती है
हमारी हमेशा मेजॉरिटी!
वे मायनॉरिटी में!
दुनिया हमारी होती है!
वे हाथीदाँत के मनोरे में—हवा में...
इसीलिए
आशावादी हूँ मैं! हाँ! हाँ!
आशावादी हूँ मैं!

सूत्रधार : इतना तनिक अच्छा है। (*पेटीवाले को बजाने का इशारा!*) हाँ जी! स्टेशन आया! गाड़ी आयी है।

(नायिका बैग-झोला उठाकर 'गाड़ी में' बैठती है। किताब पढ़ने लगती है। एक युवक आता है। गोरा-चिट्टा! 'मॉड' ड्रेस में! सुनहरे फ्रेम का चश्मा! उसके सामने बैठता है। पाइप सुलगाता है।)

(सूत्रधार 'सीटी' बजाता है। 'गाड़ी' स्टार्ट होती है।)

(रंगमंच पर वह युवक और नायिका दोनों ही! रेल में बैठने-जैसे वे दोनों झूलते हैं।)

(सूत्रधार अपनी जगह पर! पेटीवाला पेटी बजाता है। लय पकड़ी है उसने! यह लय रेल-गाड़ी की लय है।)

(संवादों के समय यह लय अस्पष्ट होती है, कभी अहसास तक नहीं होता। फिर स्पष्ट होती है।)

(नायिका किताब में से ऊपर चेहरा कर बार-बार युवक को देखती है।)

(पेटीवाला सुरों से इस देखने को रेखांकित करता है।)

(युवक के हाथ का लाइटर सिगरेट सुलगाते हुए नीचे गिरता है। नायिका उठाकर देती है।)

युवक : (*साहब के ढंग से*) ओह! थैंक यू!

नायिका : (*मराठी स्टाइल अंग्रेजी में*) नो मेन्शन प्लीज! (*पढ़ने का बहाना, पर बार-बार उसे देखती है।*)

युवक : मे आय नो युअर... नेम? इफ यू डोंट माइंड ऑफ कोर्स...

नायिका : माय नेम इज अंजलि! (*फिर पढ़ने में निमग्न लेकिन बेचैन!*)

युवक : (*उसकी ओर देखकर*) नाइस नेम! वाह!

नायिका : थैंक-यू...

युवक : आर यू ब्राह्मिन?

नायिका : यस! आय ॲम ब्राह्मिन! पर देशस्थ!

युवक : (*सम्मति में*) हाँ हाँ!

नायिका : माय सरनेम इज भिडे! बीएचआयडी।

युवक : अच्छा-अच्छा!

नायिका : आर यू फ्रॉम जलगाँव?

युवक : ओ नो! फ्रॉम बॉम्बे!

नायिका : आय कम फ्रॉम पुणे! व्हाट इज यूवर गुड नेम? इफ यू डोंट...

युवक : भागवत! शेखर भागवत!

नायिका : थैंक यू! हिन्दी आती है न?

युवक : (*मजबूरी में*) हाँ हाँ!

नायिका : फिर हम हिन्दी में ही बात करें न!
यानी आप भागवत! मैं भिडे! ...भारतीय...

युवक : हाँ हाँ! (*अफेक्टेड उच्चारण के साथ*) मेरी हिन्दी जरा... यू नो... इस... लिए...

नायिका : होने दीजिए। हम आपस में ही तो बातें कर रहे हैं। मैं क्या कहना चाहती हूँ और आप क्या कहते हैं ये हम एक-दूसरे की बातें समझ लेंगे तो काफी है।

युवक : (*निर्विकार चेहरे से*) राइट! (*पाइप पीता है।*)

नायिका : बुरा मत मानना! पर यह तो बताइए कि आप फॉरेन में थे?

युवक : हाँ हाँ! उच्च शिक्षा के लिए...

नायिका : मैंने ठीक पहचाना न?

युवक : इसी कारण तो हिन्दी बोलने की 'ये' नहीं है... आदत नहीं है।

नायिका : आदत होनी चाहिए! राष्ट्रभाषा है अपनी!

युवक : हाँ हाँ!

नायिका : (*झोले में से पॉकेट निकालकर उसे ऑफर करती है*) लीजिए—चिउड़ा लीजिए। जब मैं कहीं जाती हूँ तो घर वालों के लिए कुछ न कुछ खरीदती हूँ। कुछ लाना चाहिए न घरवालों के लिए?

(युवक 'हाँ' में गर्दन हिलाने-जैसा करता है।)

नायिका : (*आग्रह से*) लीजिए न और!

युवक : (*लेकर*) थैंक्स!

(चिउड़ा कहते ही पेटीवाला उठ खड़ा होता है। सूत्रधार उसे बिठाता है।)

नायिका : अच्छा है न? अप्पा को बेहद पसन्द है।

युवक : फादर? पिताजी?

नायिका : हाँ! रिटायर्ड हैं। आपका गाँव कौन सा?

युवक : फरगॉट द नेम! ...वो...है...कुछ...(*याद*)

नायिका : जाने दीजिए! पर अपना गाँव पता होना चाहिए।

(वह पाइप पीता है।)

संजोग से हम मिले! हैं न! (*अन्दाज*)

आपकी आयु ज्यादा नहीं है।

युवक : थ्री ओ...

नायिका : थ्री ओ?

युवक : थ्री ओ...थर्टी! वह... तीस!

नायिका : (*खुशी से*)—थर्टी... वाह! मैं उनतीस!

युवक : अं?

नायिका : (*सावधानी से*) कुछ नहीं! आपके घर में कौन-कौन?...

युवक : वेल। आय लिव अलोन...

नायिका : घर आपके नाम पर है?

युवक : हाँ। पुराना है।

नायिका : पुराना तो पुराना। मुम्बई में अपने नाम पर जगह होना ही भाग्य की बात है...किराये की हो तो किराया भी कम होगा। (*साहस से*) आप ब्राह्मण हैं ना?

युवक : (*प्रश्नार्थक*) अं?

नायिका : वो... मैंने कहा ब्राह्मण हैं न आप?

युवक : वेल! (*कन्धे उचकाता है*) आपके बैग पर पैर रखा तो चलेगा?

नायिका : हाँ हाँ। कोई बात नहीं। यात्रा में एक-दूसरे की मदद तो करनी ही चाहिए... चिउड़ा लीजिए न और...

युवक : *(लेता है।)* बस बाबा बस! टू मच।

नायिका : नॉट ॲट आल! मैं यहाँ पैर रखूँ तो चलेगा न? *(उसके पास की खाली जगह को दर्शाते हुए?)*

युवक : गो अहेड!... *(पाइप पीता है।)*

नायिका : बी.ए. उत्तीर्ण हूँ।

नायक : अँ?

नायिका : हाँ और आगे पढ़ सकती थी लेकिन अप्पा ने कहा—बस हुआ। लड़कियों को ज्यादा पढ़ना नहीं चाहिए। फिर शिक्षा छोड़ दी...

युवक : हँ! आय ॲग्री विद हिम?

नायिका : अप्पा को पता चलेगा तो खुश होंगे कि कोई उनसे सहमत है। ... आप एक बार आइए ना घर...पुण आएँगे तो जरूर आना...

युवक : क्यों नहीं। आऊँगा न!

नायिका : यूँ ही मत कहना। मैं अप्पा से कह दूँगी।

युवक : बिफोर आय गो बैक... आय मीन... स्टेट्स जाने के पहले...जाकर आऊँगा... ओ नो... आकर जाऊँगा! यू नो...यू मस्ट रिअली फरगिव मी फॉर माय हिन्दी

नायिका : उसमें क्या है? आप हिन्दी में बात कर रहे हैं—यही काफी है। फॉरेन कब जाएँगे?

युवक : हाँ। शायद वहाँ सेटल भी होऊँगा।...

नायिका : सेटल होंगे? (इम्प्रेस्ड) फिर शादी...वादी...

युवक : *(कन्धे उचकाकर)* सोचा नहीं है...

नायिका : सोचना चाहिए...

(दोनों बातें कर रहे हैं, लेकिन पेटी के सुरो में सुनाई नहीं देता! पेटीवाला नायिका का उत्साह, एक्सायटमेंट सुरों में व्यक्त करता है। सूत्रधार नायिका की फीलिंग शब्दों में व्यक्त करते हुए कुछ पंक्तियाँ गाता है।...)

(युवक 'एक्सक्यूज मी' करता हुआ नायिका के सामने से चला जाता है।) (नायिका पुस्तक पढ़ने की कोशिश में पर ध्यान नहीं लगता।)

सूत्रधार : *(पेटीवाला सुरों से खेल रहा है।)*
ओ अंजलि दीदी...

(नायिका देखती है।)

ठीक चल रहा है न? चलने दीजिए...

(*प्रेक्षकों से*) पता नहीं नाटककार ने इस लड़की के बारे में क्या तय कर रखा है? कुछ समझ में नहीं आता। नाटक की संहिता साथ होती तो ठीक होता!

(नायिका उठकर बैग-झोला लिये दूर गयी है।)

(हाँ समय के सामने किसी का बस नहीं चलता! क्या है इस समय के भीतर?)

(लगता है अब नायिका पुणे में अपने घर पहुँची है। देखते हैं वहाँ क्या हो रहा है।)

सूत्रधार : (*पेटीवाले से*) पेटी भाई चलिए पुणे!

(रंगमंच पर नायिका 'गाड़ी' से उतरकर घर पहुँची है। काल्पनिक 'बेल' बजाती है।)

भीतर से सिर्फ संवाद सुनाई देता है—

'लगता है कोई आया है। अजी, सुनते हो...'

'इसी वक्त आना था मरने...'

'आप दरवाजा तो खोलिए जाकर! कोई क्या कहेगा भला?'

खामोशी...

(कमर में लुंगी पक्की बाँधते हुए अप्पा मंच पर आते हैं—बाल बिखरे हुए...मुँह में सिगरेट...सिगरेट बुझाकर फेंकते हैं। काल्पनिक दरवाजे की दराज़ से देखते हैं...दरवाजा खोलते हैं—सामने नायिका है।)

नायिका काल्पनिक दरवाजे में से भीतर जाती है, सामान रखकर उसाँस छोड़ती है।

नायिका : (*बैग पर ही बैठते हुए*) उफ्! थक गयी हूँ।

अप्पा : क्या हुआ?

नायिका : किस बात का?

अप्पा : अरी, पति ढूँढ़ने गयी थी न? उसका क्या हुआ?

नायिका : देखा! (*जल्दी में*) लेकिन उसका कुछ ठीक नहीं है।

अप्पा : क्यों? क्या हुआ?

नायिका : अप्पा, उसका चाल-चलन ठीक नहीं है। मैंने पूछताछ की। मुंजे ही मिले थे।

अप्पा : मेरे लिए चिउड़ा लायी?

नायिका : हाँ लायी हूँ। भूलती कैसे? (*निकालकर देती है।*)

अप्पा : (*स्वाद ले-लेकर खाते हैं*) यानी तय नहीं हुआ! चिउड़ा अच्छा है।

नायिका : (*ऊँची आवाज में*) माँ, चाय बनाइए। अप्पा, ... (*उल्लास से कुछ कहने जा रही है लेकिन रुकती है।*)

अप्पा : वाह! काजू है! मूँगफल्ली भी! वाह! हाँ, क्या कह रही थीं तुम?

नायिका : कुछ खास नहीं! ट्रेन में के मजे...

अप्पा : (*कॅज्युअली*) चलिए! जलगाँव वाला लड़का भी गया काम से...

नायिका : हाँ! (*खोयी हुई*) यात्रा यूँ ही बेकार नहीं रही।

अप्पा : चिउड़ा लायी। यह अच्छा किया। काफी दिनों से मन में था—जलगाँव का चिउड़ा! पर कोई वहाँ जाने-आने वाला नहीं मिला। वैसे छत्रे का कोल्हापुरी चिउड़ा भी ठीक रहता है लेकिन जलगाँव के चिउड़े जैसा नहीं।

नायिका : फिर कभी जाऊँगी तो ले आऊँगी।

अप्पा : अब क्यों जाओगी? तेरा दिमाग ही काम नहीं करता। अच्छी चीज मिलते ही लेने की। बाद में मिले, न मिले! एक ही बार ज्यादा लाने का! यह तो दो दिन में खत्म होगा।
(**फ्रस्टेडेड**)

नायिका : (*खोयी हुई*) हाँ, उन्हें भी अच्छा लगा...

अप्पा : पैसे कितने वापस आये? सारे पैसे तो खर्च नहीं किये न?

नायिका : (*खोयी हुई*) अपनी जगह भी... अकेला... फॉरिन में सेटल होगा...

अप्पा : (*चिउड़ा खाते हुए*) वरना आयी होगी खाली जेब किये! कहाँ ठहरी थी?

नायिका : अं। ठहरी कहाँ थी? वहीं। टेंगशे के घर! अप्पा, वे आपके बारे में काफी पूछ रहे थे! मैं वहाँ रही—उन्हें अच्छा तो नहीं लगा!

अप्पा : वो है ही वैसा!

नायिका : लेकिन मैंने सोचा! रातभर का तो सवाल है! रही वहीं पर! बोल रहे थे—मेहमान आने वाले हैं। कोई आया नहीं और गया नहीं! झूठ बोले थे! मैंने सोचा बोलने दो झूठ। आते समय उनके पोते के हाथ में मिठाई का बक्सा और एक रुपया रखा।

अप्पा : वो किसलिए? वैसे मेरे उपकार हैं उस पर!

नायिका : लो रीत निभायी अप्पा मैंने! हाँ ट्रिप एकदम अच्छा रहा।

अप्पा : लड़का पटा नहीं और ट्रिप काहे का अच्छा?

नायिका : (*सँभलकर*) बाकी सब अप्पा। यानी ट्रेन में भीड़ नहीं थी। अच्छी जगह मिली (*खोयी-सी*) समय अच्छा बीता! (*खुद से*) बहुत अच्छा बीता।

(माँ चाय लेकर आती है।)

माँ : (*नायिका को चाय देते हुए*) अंजू, कुछ बात बनी?

अप्पा : (*चिउड़ा खाते हुए*) बात बनने के लिए कुंडली में योग चाहिए न!
वक्री है गुरु और चक्री है शनि
अष्टम् स्थान में राहू और दशम् में केतू
बुध लग्न में पर मंगल है पहरेदार!
दर-दर घूमो पर इस लड़की का मंगल?
अभी नहीं!
जन्म् स्थान में ही मुश्किल है जड़ी
यह तो सब है किस्मत हमरी!
पली-बढ़ी, पढ़ी-लिखी और
हमारे गले में लटक गयी रस्सी!

माँ : राहू पहुँचेगा दशम् स्थान पर और
मंगल राह नापेगा अपनी
शनि की मेइर नज़र होगी और
होगा शुभमंगल अपनी का...

अप्पा : तब तक रगड़ो नाक, पटको हाथ-पैर...

माँ : (*आह भर*) हाँ तो यह यात्रा भी निरर्थक...

अप्पा : चिउड़ा मुँह में बस इतना ही सार्थक हुआ...

माँ : आप तो हमेशा से भुक्खड़! इतनी आयु हुई पर सन्तोष नहीं हुआ कभी (*अप्पा आराम से चिउड़ा खा रहे हैं।*)
(*नायिका से*) अब काम पर जाओगी न?

नायिका : ना बाबा! थक गयी हूँ! पड़ोस से फोन करूँगी। (*अँगड़ाई लेते हुए*) सो जाऊँगी अब मैं...

माँ : हाँ हाँ, सो जाओ!

अप्पा : बिल्कुल नहीं! दोपहर में सोने से रात में नींद नहीं आयेगी। तुम खाना खाओ और काम पर जाओ। लेट मार्क होगा पर दिन की तनख्वाह मिलेगी। खाना परोसना उसके लिए...

सूत्रधार : *(पेटीवाला का पेटी पर आवर्तन होते ही)*
अंजी ने भोजन किया।
न चाहते हुए भी काम पर गयी।
(नायिका बैग और झोले के साथ जाती है।)
(अप्पा और माँ भीतर जाते हैं।)
भीतर से माँ की आवाज ही—
'यह क्या? बेटी बड़ी बन गयी है'
'और आपको यह सूझ रहा है?'
'ना ना, नहीं। काम बहुत हैं।'
'अभी आएगी नौकरानी भी!'
'बर्तन माँजने अभी आएगी न!'
'छोड़ो!'
'खा! खा लो जड़ से! एक ही बार।'
(खामोशी—)
(पेटीवाले के पेटी पर सुर...)

सूत्रधार : समय को प्रणाम! अंजू गयी काम पर! पर, कर क्या रही है वहाँ?
(पेटीवाला रूमानी भाव विह्वल गाना बजाता है।)
हाँ, पेटीभाई को याद आया कि अंजू स्वप्न देख रही थी—'राजपुत्र' और अंजू...
(राजपुत्र की ड्रेस में 'गाड़ी' में मिला युवक मंच पर आता है। सपने जैसा...)
पेटीवाला परीकथा के राजकुमार का कोई गीत बजा रहा है...
दूसरी ओर से सपने में तैरने जैसी नायिका मंच पर आती है। ड्रेस वही—पहलेवाला ही!
पुराना कोई युगल गीत बजाया जाता है—
गीता सूत्रधार गाता है। वही गीत पेटी पर बजाया जाता है। सूत्रधार अन्तिम आलाप लेकर गीत समाप्त करता है। राजपुत्र-युवक पीछे खिसकते-खिसकते पर्दे के पीछे जाता है। रंगमंच पर नायिका अकेली! अब वह टेबल के पीछे कुर्सी में सपने में खोयी-सी दिखती है। पेटीवाला अनुकूल सुर निकालता है।)

सूत्रधार : *(सुरों के पार्श्व पर नायिका के मन की बात कहता हुआ)* सच, वह आएगा? लेकिन क्यों आएगा वह? नहीं आएगा? न आने का भी तो

कोई कारण नहीं।

(पेटीवाला–सूत्रधार की जुगलबन्दी)

(पेटीवाला बीच में ही बदसुरा होता है और रंगमंच पर बदसूरत प्रभुणे आता है। नायिका का सहकर्मी है यह प्रभुणे)

प्रभुणे : (*नजदीकी से*) क्यों मिस भिडे? क्या बात है? अं? इतनी सोच में क्यों हैं आप?

नायिका : कुछ नहीं है।

प्रभुणे : हाँ, आप तो चिंतनमग्न इतनी सुन्दर दिख रही थीं कि पूछो मत! तय हुआ? कांग्रेच्यूलेशन! अभिनन्दन!

(नायिका को अच्छा लगता है पर जँचता नहीं)

हाँ तो! कब सेलेब्रेट करें इसे? कल? कल चलेंगी आप सिनेमा देखने?

'कैपिटल' में टॉप अंग्रेजी फिल्म लगी है। मैं टिकट लेता हूँ।

नायिका : नहीं! इसकी कोई जरूरत नहीं है।

प्रभुणे : परसों? परसों चलेंगे ही! आखिरी दिन है।

नायिका : नहीं! समय नहीं है।

प्रभुणे : पिछली चौदह फिल्मों के लिए भी आपने यही कहा था–समय नहीं है।

नायिका : तो आप बार-बार पूछ ही क्यों रहे हैं।

प्रभुणे : ठीक है, पिक्चर छोड़ो। डिनर के लिए तो आएँगी? क्वालिटी का तन्दूर चिकन लाजवाब मिलता है। इसे खाने के वास्ते तो कम-से-कम जन्म लेना चाहिए। ला-जवाब!

स्वर्ग के अ...या इ... की टाँग भी इतनी सुन्दर नहीं होगी।

जन्म लेना चाहिए कॉरोनेशन की मखनी बिरियानी खाने के लिए।

वाह! वाह! क्या बात है!

नन्दनबन के शुद्ध घी में बने चावल को भी मात देंगी।

जनम लेने पर खाना ही चाहिए

महमद अली रोड पर मिलने वाला तंगडी कबाब

भायखला का शम्मी कबाब

नागपाडा का सीख कबाब

खाऊ गली की पूरी सब्जी

प्याऊ गली की नूरजहानी लस्सी

दादर के गुणे काका के ओम शान्ति रेस्टोरेंट की
खमंग मिसल प्लेट
कालना देवी के भट की दुकान में
मिलनेवाली मसाला चाय
अहाहा! गजब के व्यंजन! गजब का स्वाद
जीवन सार्थक हुआ चखने पर इन्हें!
फिर मर सकते हैं आराम से
फिर जन्मेंगे क्योंकि फिर चखने हैं ये स्वाद
हाँ तो फिर चलें? मैं टेबल रिजर्व करूँ?

नायिका : नहीं! (*मूडी बन बैठती है।*)

प्रभुणे : इस बार भी मामला कुछ जमा नहीं? सॉरी मिस भिडे।

नायिका : लेकिन आपको इससे क्या लेना-देना?

प्रभुणे : फ्रेंडशिप में एक-दूसरे की चिन्ता लगी रहती है।

नायिका : लेकिन किसने कहा आप मेरे फ्रेंड हैं? मैं नहीं मानती।

प्रभुणे : सो यू से! मैं तो मानता हूँ न आपको फ्रेंड।

नायिका : मुझे ये अच्छा नहीं लगता और ना ही मैं 'वैसी' लड़की हूँ, मिस्टर प्रभुणे!

प्रभुणे : 'वैसी' यानी?

नायिका : किसी के साथ भी फ्रेंडशिप करने वाली!

प्रभुणे : लेकिन मैं 'कोई' नहीं हूँ मिस भिडे! और आपकी शादी कब की हो जानी चाहिए थी। मेरी शादी यदि हुई न होती न तो मैं ही...

नायिका : मिस्टर प्रभुणे! आप यहाँ से चले जाइए!

प्रभुणे : गुस्सा करने से क्या फायदा? शादी जब होगी तब होगी! तब तक तो एक साथ रहें न हम कुछ घन्टो के लिए...

नायिका : मैं क्या 'चीप' लग रही हूँ? अच्छे खासे-घर से हूँ। और आप शादी शुदा है। बच्चे हैं आपके। इस तरह अविवाहित लड़की को सिनेमा देखने, खाना खाने बुलाते कैसे हैं?

प्रभुणे : लेकिन...

नायिका : कुछ मत कहिए... आप जैसे लोग ही समाज में ये दलदल पैदा करते हैं... अच्छे-खासे घर की लड़कियों को गुमराह बनाते हैं...

प्रभुणे : यूँ ही इल्जाम मत लगाइए। सहमत हैं तो 'हाँ' कहिए। अपनी-अपनी मर्जी का सवाल है। आप नहीं तो दस खड़ी हैं लाइन में! और आप क्या युवा हैं अभी? कम-से-कम तीस की तो होंगी ही!

नायिका : (*गुस्से से*) तीस की नहीं हूँ अभी। समझे? नहीं हुई शादी तो जन्मभर कुँआरी रहूँगी, लेकिन आप जैसों की चिकनी-चुपड़ी बातों में नहीं आऊँगी। मेरा पीछा छोड़िए। वरना मैं ऊपर शिकायत करूँगी। कह देती हूँ।

प्रभुणे : (*जाने लगता है।*) जरूर कीजिए शिकायत! डर किसका है? मैं बताऊँगा! गया लेके! वह तैयार हुई आने को। सिर्फ भोजन पर ही तो बुला रहा था...

नायिका : मैं कभी नहीं आयी थी आपके साथ। आऊँगी भी नहीं। आप जाइए।

(प्रभुणे गया है। पेटीवाला पेटी पर 'उसका जाना' बजाता है। खुश होता है। सूत्रधार से 'दाद' माँगता है। सूत्रधार का ध्यान नहीं है। वह नायिका को देख रहा है। नायिका काम में मग्न, पर बेचैन है।)

सूत्रधार : प्रभुणे मवाली ही है।

नायिका : मकड़ी की तरह! फुर्सत मिली कि लगा जाल बुनने।

सूत्रधार : प्रभुणे गया भाड़ में। लेकिन क्या आप किसी के भी साथ लंच-डिनर पर या सिनेमा देखने नहीं गयीं? मैं कहता हूँ इसमें हर्ज ही क्या है?

नायिका : आप नहीं समझेंगे। अप्पा कहते हैं यदि कोई देखेगा तो बदनामी फैलेगी। लोगों को आदत होती है। फिर शादी तय होना मुश्किल। मैं किसी भी पुरुष के साथ कभी नहीं जाती। एक बार अप्पा के साथ नाटक देखने गयी थी तो लोग कैसी-कैसी नजरों से देख रहे थे। अपने बाप के साथ गयी तब यह हाल! और किसी के साथ जाऊँगी तो बताइए क्या होगा?

सूत्रधार : यानी किसी पुरुष के साथ नहीं?

नायिका : ना, कभी नहीं!
मैं नहीं जाती किसी पुरुष के साथ
यदि कोई साथ चलने लगे रास्ते में
युवा हो या कि हम उम्र
मैं रुकती हूँ पल-दो पल
जाने देती हूँ उसे आगे...
बैठा हो कोई अकेला पुरुष बस में
तो उस सीट पर नहीं बैठती मैं कभी..

सीधी नाक चलती हूँ
खड़ी रहती हूँ
भीड़ में चोरी-छुपे किये जाने वाले स्पर्श
चाहे किसी का हो—ज्ञानी-अज्ञानी का
मैं भीड़ से हट जाती हूँ
मन से स्नान करती हूँ।
ऑफिस में आँखें चार करने की कोशिश की
किसी ने—बॉस हो या कि कलीग...
आँखें फेर लेती हूँ मैं...
खिसकती हूँ वहाँ से
तब भी साँस फूल जाती है...
लेकिन आजकल की लड़कियों को देखती हूँ तो
किसी के साथ कहीं भी जाती हैं।
इन बातों से परहेज नहीं उन्हें। हम नहीं कर पाएँगे ऐसा कुछ

सूत्रधार : हाँ तो भागवत धर्म के बारे में क्या सोचती हैं आप?

नायिका : किस बारे में?

सूत्रधार : भागवत धर्म के बारे में...

नायिका : भागवत धर्म?

सूत्रधार : (*पेटीवाला सूत्रधार की शर्ट पीछे से खींचता है। उसे परावृत्त करने को। फिर भी सूत्रधार कहता ही है*) हाँ, भागवत धर्म...

नायिका : (*देर से याद आये जैसा*) ओ हो! (*लजाती है*) वह ...उसके बारे में पूछ रहे हैं आप?

(पेटीवाला सूत्रधार के हाथ पर थपथपाता है—जैसे कह रहा हो—कमाल की बात कही आपने)

नायिका : (*आनन्द छिपाती हुई*) मैं किसी के प्रति आस लगाकर नहीं रहना चाहती। यह तो यात्रा में की पहचान है। यात्रा की पहचान यात्रा में ही छूट जाती है...

सूत्रधार : यह नहीं छूटेगी!

नायिका : आपको लगता है? मैं भरोसा नहीं करना चाहती। यूँ ही अपने आपको टाँग देना... फिर चोट खाना...

सूत्रधार : पर कैसे लगा वह?

नायिका : कौन?

सूत्रधार : वही... भागवत धर्म...

नायिका : (*लजाकर*) अच्छा है। बुरा क्यों कहूँ? वह भी क्या मुलाकात थी? बाद में थोड़े ही मिलना होगा?

सूत्रधार : मिलना होगा।

नायिका : नहीं लगता।

सूत्रधार : शर्त बनती है?

नायिका : हाँ!

सूत्रधार : हम जीतेंगे तो?

नायिका : कहिए।

सूत्रधार : सेवन हेवन्स में डिनर...

(पेटीवाला सजग उत्साही होता है।)

नायिका : तय हुआ।

सूत्रधार : और आप जीत गयीं तो? जीतेंगी नहीं ही...

नायिका : तो आप डिनर पर ले चलेंगे...

सूत्रधार : आप आएँगी? वरना हमारा प्रभुणे होगा!

नायिका : (*खिलखिलाकर*) ऐसा नहीं होगा। आऊँगी। आप 'वैसे' नहीं हैं।

सूत्रधार : शर्त हम ही जीतेंगे। ध्यान में रखिए।

नायिका : देखते हैं।

(पेटीवाला खुश होकर आलापों की लड़ियाँ बजाता है।)

सूत्रधार : (*प्रेक्षकों से*) (*नायिका अपने घर में बैठी है।*)
नायिका घर में है। मन में खुश है।
डोअर बेल बज रही है।
देखिए नायिका ने दरवाजा खोला।

(नायिका काल्पनिक दरवाजा खोलती है।)

नायिका : (*अपने को सम्भालते हुए*) अं? आ...प?

युवक : (*झुककर अभिवादन करता हुआ*) मैं शेखर भागवत (*भीतर आता है।*)

(नायिका पीछे-पीछे होती है। कॉर्नर हुई-सी खड़ी रहती है।)

घर में कोई है नहीं?

नायिका : है न! आप... कैसे?

युवक : वेल—पुणे में काम निकला... सोचा आपसे मिल लूँ...

नायिका : बैठिए न!

युवक : ओ। थैंक्स। (*बैठता है।*)

(दोनों की नजरें मिलती हैं। नायिका नर्व्हस)

नायिका : पता कैसे मिला?

युवक : *(वॉलेट में से चिट्ठी निकालकर, हिफाजत से पकड़कर)* हिअर! आपने लिख दिया था...

(नायिका यकीन नहीं कर पा रही है। बोझिल क्षण)

नायिका : ठहरिए! मैं पानी लाती हूँ। *(जाने लगती है।)*

युवक : *(रोकते हुए)* नो नो।

(वह आज्ञाकारी-सी खड़ी। डरी-सी)

यू थॉट आय वोंट कम?

नायिका : अं? हाँ? नहीं। यह बात नहीं।

युवक : तभी मैंने तय किया था कि आय बिल सी यू अगेन। सच। तुमसे मिलना था सो पुणे में काम निकाला।

(नायिका की नजर में अविश्वास!)

तुम्हारी कसम।

(नायिका सिहरती है।)

याद आती रही। सोचा तुमसे मिलना चाहिए।

(नायिका मन्त्रमुग्ध-सी)

युवक : यू लुक क्यूट।

(नायिका नहीं मानती पर अच्छा लगता है।)

नायिका : झूठ। *(नीचे देखती हुई। युवक उसके पास जाकर खड़ा रहता है। नायिका को नजदीकी का अहसास होता है।)*

कोई देखेगा। *(गला सूख रहा है।)* मैं चाय बनाती हूँ।

युवक : नो नो! *(कोमल स्वर में)* चाय नहीं। आय नीड यू। ओनली यू।

(नायिका को लगता है वह शब्दों से स्पर्श कर रहा है। वह उसी जगह दूर होने की चेष्टा। साँसे जोर से चलती हैं। युवक उसका हाथ जबरदस्ती अपने हाथ में लेता है। नायिका डर के मारे जमीन में आँखें गड़ाए हुए।)

व्हाय डोंट यू कम टू माय होटेल रूम? अ?

नायिका : *(मानो बेहोश होगी)* अं?

युवक : व्हाय डोंट यू? नम्बर थ्री ओ थ्री! होटल मीलन... यू विल कम... प्रॉमिस...

(हाथ जबरदस्ती पकड़े हुए) यू हैव प्रॉमिस्ड...

रूम थ्री ओ थ्री... होटल मीलन... कल... बाय... *(झट् से निकल जाता है।) (नायिका उस दिशा में देखती रहती है। थरथराती हुई।)*

सूत्रधार : *(पेटी की संगत है)* सपना देखा? या सच था?
याद आते ही थरथराता है अंग-अंग
सपना?
सच?
सपना?
(बेल की तेज आवाज... 'दरवाजा' खोलती है। अप्पा और माँ हैं।)

माँ : उफ् थक गयी।

अप्पा : छीः छीः! इन सिनेमावालों के अक्ल नहीं होती।

माँ : मरा रिक्शा भी नहीं मिला।

अप्पा : इससे अच्छी स्टोरी मैंने लिखी होती...

माँ : सभी सिनेमा इसी वक्त खत्म होते हैं। रिक्शा कैसे मिलता?

अप्पा : नायिका जान देती है। कोई ठोस कारण तो चाहिए।

माँ : अरी, आधा रास्ता तो पैदल चलते आये हैं।

अप्पा : फोकट गये टिकट के पैसे! मरी नायिका देखनी पड़ी।

माँ : धूप में गये। और आते समय यह हाल...

अप्पा : उतना कैबेरे ठीक था। बाकी सब बेकार।

माँ : कुछ ठंडा लेते। पर क्या कीमतें थीं वहाँ! महँगी!

अप्पा : पुरानी फिल्में कितनी अच्छी थीं। 'मानुस', 'तुकाराम', 'देवदास', 'दुश्मन'... क्या स्टोरी हुआ करती थी... एक्टिंग कितनी बढ़िया करते थे। क्या गाने हुआ करते थे... वाह! हम 'नागिन' की तरह झूमते थे... और आजकल का ये नंगा नाच।

माँ : जान निकली जा रही थी। सिर्फ पानी पीकर रही।

अप्पा : *(पत्नी से)* मैं कहता हूँ नायिका का जान देने जैसा क्या था।
ये फिल्म वाले कैसा कैसा अन्त करते हैं?
प्रेक्षकों को रुलाकर अपनी तिजोरी भरते हैं।
और क्या!
नायक या प्रतिनायक भले ही धोखा दे
इज्जत लूटे, धोखा दे...
रही भी हो वह पेट से
सो व्हॉट?

आत्महत्या? सुइसाइड?
मरने में क्या बहादुरी भला?
जीन में, संघर्ष में है पुरुषार्थ, समझे?
की शादी
त्यागा बाद में
सीते-सा...
किसी की बकवास के कारण...
बच्चे के साथ भी हो तो...
मारा-पीटा भी हो...
बेघर बनाया हो...
बदनाम किया हो... कुलटा ठहराया हो...
किसी और के साथ चक्कर भले ही हो।
सो व्हॉट?
आत्महत्या? नॉनसेन्स।
लड़ने में पुरुषार्थ है न कि पलायन में! समझे?
पुरुषार्थ जीने में है, मरने में नहीं
या फिर मैं कहता क्या हूँ कि
नायक मर भी जाय।
या अन्धा, लूला, लँगड़ा हो जाय किसी दुर्घटना में
या फिर पागल हो जाय।
चिन्ता क्या है?
भीख माँगो!
आजकल भिखारियों के मजे हैं मजे।
जिस पर नायिका गायिका है, डान्सर है।
फिर तो सोने पे सुहागा।
सीना हिलाया
कमर लचकायी
आँख मारी! फिर क्या! पैसों की बरसात।
इससे भी मन नहीं भरा तो
सोओ किसी के साथ।
घंटे-दो घंटे का सवाल है।
फिर पति के लिए शील चरित्र साबुत।

आत्महत्या किसलिए? जान गँवानी क्यों?
कुछ तो जस्टिफिकेशन हो।
पुरुषार्थ लड़ने में है, पलायन में नहीं। समझे?
जीने में है पुरुषार्थ। न कि मरने में
अब और परे की सोचे!
माना कि गुंडे उठा ले गये।
सामूहिक बलात्कार किया।
जैसे 'उस' या 'इस' पिक्चर में दिखाया था।
नहीं! तकलीफ होगी।
मैं कहता हूँ बदन में टीस होगी। चुभन होगी।
दुख होगा!
गुस्सा भी आएगा
फिर अखबार वालों से सम्पर्क करो।
पुलिस में जाओ।
शोर मचाओ।
हंगामा खड़ा करो।
कोर्ट-फरियाद
गर्म मसालेवाली खबरें।
गुनहगारों को सजा
पाठकों को मजा
पर, आत्महत्या क्यों? खुदकुशी? आत्मघात? सुइसाइड?
नो, नो, नो!
जँचता नहीं। दिमाग में घुसता नहीं।
फालतू! बेकार।
प्रेक्षकों को उल्लू बनाने का गोरखधन्धा।
और क्या?
नायिका जान क्यों दे? यह भी कोई कारण है? एक बलात्कार हुआ। गर्भ ठहरा। यह कोई कारण है? अरी! कुछ खाने को दीजिए...

माँ : लीजिए। घर में पैर नहीं रखा तो काम में जुटने का आदेश। मैं मर जाऊँगी तो छुटकारा मिलेगा। आपको भी। ना दिन, ना रात देखते हो।

अप्पा : बातें बाद में! पहले खाने का प्रबन्ध कीजिए। भूख किसे नहीं लगती? शरीर है आखिर यह।

माँ : अपना वह शरीर! दूसरों का शरीर क्या मशीन है? अंजू, बेटा उतना पराँठा सेंकना...खाने दो इनको पहले। तुरन्त कहेंगे खाना परोसने के लिए।

नायिका : (*अपनी ही धुन में*) हाँ माँ! (*वहाँ से दूसरी तरफ आती है।*)

सूत्रधार : (*पेटीवाले की पेटी पर*) हो गया परांठा।

अप्पा निगल गये। डकार दी। रातभर अंजू बिस्तर में छटपटाती रही। नींद उचट गयी बेचारी की। होटल-मीलन-कमरा न. तीन सौ तेरा! क्या यह सच है? या सपना?

(अप्पा-माँ भीतर गये हैं।

नायिका अकेली खड़ी है। खोयी-सी। काल्पनिक पब्लिक फोन के पास जाती है। थरथराते हाथ से रिसीवर उठाती है। कान से लगाती है। पेटीवाले का बजाना रुक गया है।)

नायिका : (*डरी आवाज*) हैलो। होटल मीलन?

सूत्रधार : (*लेडी ऑपरेटर की अदा में दो-चार पिन इधर-उधर खोंसकर*) येस मैडम, होटल मीलन...

नायिका : (*खुद से संघर्ष*) रूम थ्री ओ, नहीं रो थ्री प्लीज...

(सूत्रधार लेडी ऑपरेटर की अदा में लाइन जोड़कर देता है और अश्लील पत्रिका पढ़ने लगता है। पेटीवाला पेटी से इन कमिंग कॉल्स जैसी आवाजें निकालता है।)

अब सूत्रधार काउंटर पर का रिसेप्शनिस्ट होता है। काउंटर पर का फोन रिसीव कर

सूत्रधार : होटल मीलन... गुड मॉर्निंग।

नायिका : (*हाँफती हुई*) इज दिस... इट... रूम नम्बर... थ्री...

सूत्रधार : दिस इज रिसेप्शन मॅम। व्हॉट कैन आय डू फॉर यू मॅम?

नायिका : (*उलझन में*) आय वांट रूम थ्री वन... नो नो थ्री जीरो थ्री...

सूत्रधार : (*झुँझलाकर*) सॉरी मॅम! दिस इज रिसेप्शन... (*रिसीवर पटक देता है।*)

(नायिका और परेशान। फिर से नम्बर घुमाती है। गड़बड़ाती है। फिर से घुमाती है। नम्बर लगता है।)

सूत्रधार : (*पुनः लेडी ऑपरेटर*) होटल मीलन...

नायिका : एक्सक्यूज मी... आय वांट...

सूत्रधार : (*कोई लाइन जोड़कर देता है। नायिका फोन पकड़कर उत्साह में...*)

सूत्रधार : (*शेफ बनकर*) रूम सर्विस... गुड मॉर्निंग...

नायिका : (*हड़बड़ाई-सी*) आय वांट रूम न. थ्री वन... नो नो... थ्री जीरो.. येस... थ्री जीरो थ्री...

(सूत्रधार शेफ की भूमिका में चोंगा पटक देता है। पत्रिका पढ़ता है–मवाली भाव...नायिका फिर से नम्बर घुमाती है...)

सूत्रधार : (*लेडी ऑपरेटर*) होटल मीलन... (*नजर पत्रिका में*)

नायिका : रूम न. थ्री जीरो थ्री...

सूत्रधार : (*लेडी ऑपरेटर*) बट आय गेव यू द नम्बर ना! (*चोंगा पटकने जा रहा है लेकिन ड्यूटी याद आती है। लाईन जोड़ता है।*)

(नायिका के चेहरे पर तनाव। घंटी जैसे-जैसे बजती है, तनाव बढ़ता है।)

(पेटीवाला ये सारी आवाजें पेटी पर बजाता है।)

सूत्रधार : (*कमरे में का कस्टमर बन*) (*अधखुली नींद में जम्हाई लेते हुए*) हैलो.

(नायिका का दिल धड़कता है। हाथ थरथराता है।)

(जोर से) हैलो! सुबह-सुबह कौन सताता है।

(चोंगा पटकता है। सो जाता है। 'बिस्तर में')

(नायिका 'बेचारी' जैसे-तैसे गिरता रिसीवर उठाती है। दी न...)

नायिका : (*रिसीवर में*) रूम न. थ्री जीरो थ्री... प्लीज...

(युवक काल्पनिक रिसीवर पकड़े)

युवक : हैलो

नायिका : (*डरकर*) भागवत हैं?

युवक : स्पीकिंग।

नायिका : मैं अंजलि बोल रही हूँ।

युवक : स्पीक लाउडली प्लीज...

नायिका : मैं अंजू... अंजलि... सॉरी आय थिंक रॉंग नम्बर... (*रिसीवर रखने ही वाली है इतने में*)

युवक : भागवत हिअर। शेखर भागवत।

नायिका : मैं अंजलि बोल रही हूँ।

युवक : अंजलि? (*याद नहीं आता*)

नायिका : (*नाराजगी से*) अंजलि भिडे...

युवक : कौन अंजलि भिडे?

नायिका : (*अपमानित*) रांग नम्बर। सॉरी! (*फोन रख देती है। बेचैन–दुखी।*)

(पेटी से अनुकूल स्वर)

सूत्रधार : (*नायिका के मन की बात कहता है।*)
कौन अंजलि भिडे? हाँ। यात्रा में हुई पहचान। यात्रा में खत्म हुई। लेकिन कल रात... घर में... खुद होकर आया था... मुझे बुलाने... वह क्या सपना था? पहचानना न था तो बुलाया क्यों? मैं ही मूरख। मैंने फोन ही क्यों किया? मेरी ही गलती है। अप्पा ने कहा भी था कि विवाह मुहूर्त है नहीं। अथक़ प्रयत्न के बाद है। फिर मैं ये अपमान सहती क्यों हूँ? अब कभी ऐसी बातों पर ना विश्वास करने का, ना कुछ करने का। क्या मेरी कोई हैसियत है नहीं? किससे कहें लेकिन?

(सूत्रधार के इस आत्मसंवाद के मूड में ही नायिका ऑफिस में अपने टेबल पर... कुर्सी में... सूत्रधार के अन्तिम वाक्य पर रूमाल से आँखें पोंछती है। आँखें फिर भर आती हैं। नाक-आँखें पोंछती हैं।)

प्रभुणे : (*आकर*) क्यों मिस भिडे? क्या हो रहा है?
(*नायिका चौंककर झट् से बाथरूम की ओर जाती है। मुँह छिपाकर।*)
अरे! क्या हुआ? दाल में कुछ काला है हं!

सूत्रधार : प्रभुणे आप जाइए।
(प्रभुणे सूत्रधार की ओर देखता है।)

सूत्रधार : आप का जाना ही उचित रहेगा। प्रभुणे आप चले जाइए यहाँ से...

प्रभुणे : पर, मेरी एंट्री थी...

सूत्रधार : अब एक्जिट—प्रभुणे चले जाइए।

प्रभुणे : पर नाटक में...

सूत्रधार : मैं नाटक नहीं जानता। और नाटक हुआ तो क्या हुआ। किसी के जख्म पर यूँ नमक छिड़कना क्या ठीक है? आप हटिए यहाँ से।

प्रभुणे : मैं सिर्फ उनसे पूछना चाहता हूँ कि क्या वे मेरे साथ भोजन करने आएँगी...

सूत्रधार : यह बात आप पिछली बार पूछ चुके हैं...

प्रभुणे : पर आज नये सिरे से पूछूँगा। यह मेरा टेकनिक है। डिनर नहीं तो नहीं। कम-से-कम सिनेमा... आप नहीं समझेंगे...

सूत्रधार : वह आएँगी नहीं।

प्रभुणे : तो उसे कहने दो न। आप क्यों वकालत कर रहे हैं?

सूत्रधार : मैं ही कहूँगा। यू कैन गो...

प्रभुणे : पर आप हैं कौन?

सूत्रधार : मैं इस नाटक का सूत्रधार...

प्रभुणे : सूत्रधार? मैं नहीं पहचानता आपको...

सूत्रधार : लेकिन मैं आपको पहचानता हूँ। चलिए प्रयाण कीजिए **प्रभुणे**।

प्रभुणे : मैं पूछे बगैर जानेवाला नहीं। यह क्या जुल्म, जबरदस्ती है? **साला,** पूछने भी नहीं देता।

सूत्रधार : प्रभुणे, उसके लौटने के पहले आप गायब हो जाइए।

प्रभुणे : और नहीं जाऊँगा तो?

सूत्रधार : मैं पर्दा गिराऊँगा। जब पता है कि वह 'हाँ' कहने वाली नहीं है तो बार-बार पूछने में क्या रखा है?

प्रभुणे : आशा है वह कभी तो 'हाँ' कहेगी। मेहनत करने से क्या कुछ नहीं होता... हमारे पूर्वज भी कह गये हैं...

हम 'यत्नवाले'
हम प्र-यत्नवाले
नियति का वरदान जिन्हें उनकी दुनिया है यह।
सफलता जिनकी दासी उनके लिए सारे सुख खड़े द्वार पर।
कोई चमकता अपने बलबूते पर
हाँ हीरो के पीछे फौज हिरोइनों की सदा।
हम बेचारे यत्नवाले
प्र-यत्नवाले।
कोई बड़े बाप का—चाँदी का चम्मच थामे मुँह में
कोई मदन का रूप धारण किये तो कोई अक्ल का खजानदार।
कोई हमेशा मारता छक्का-सिक्सरा...
कोई 'नट' वरलाल
कोई बोलने में चतुर कोई 'कवि' गुलज़ार
हम? यत्नवाले! प्र-यत्नवाले!
'लक' वालों की पलटन आगे-आगे बढ़ती
'कृर्तत्व' के रखवाले लूट लेते हैं बचा-खुचा
भीड़ दौड़ती—अन्धी दौड़!
हम पिछड़े हुए—पीछे छूटे हुए।
पहाड़ खोदते रहते हैं...
चुहिया तक नहीं निकलती...

हम यत्न वाले! प्र-यत्नवाले!
हाँ, एक बात पता है पक्की
फल की अपेक्षा न रखते हुए—कार्य कर।

सूत्रधार : कोई और देखिए।

प्रभुणे : हं। और तीन हैं। उलट-पलट कर पूछता रहता हूँ।

सूत्रधार : आप विवाहित हैं न प्रभुणे? क्या यह शोभा देता है?

प्रभुणे : आप ऐसा बोल रहे हैं मानो कि मैं वह
'काजी' हूँ। प्र. के. अत्रे के नाटक का—वह नहीं...
'तो मी नव्हेय' (वह मैं हूँ ही नहीं) का काजी...
कई लड़कियों से शादी करने वाला...! साला।
मैं सिर्फ उन्हें डिनर पर या सिनेमा देखने ले जाना चाहता हूँ। वह भी बताके! ना धोखा, ना झूठ! इसमें ऐसी कौन सी कयामत आ पड़ी है? अपनी-अपनी मर्जी का मामला है। आइए या मत आइए। लेकिन मैं तो पूछूँगा ही।

सूत्रधार : वह इतने में आती ही होगी। प्रभुणे पहले भीतर जाइए और जब तक मैं न कहूँ तब तक बिल्कुल मत आना।

प्रभुणे : कर लो जो करना है...

सूत्रधार : (*पेटी खींचकर 'हिप्नाटिक' लगने वाले सुर बजाता है। जादूगर-सा*) प्रभुणे...

प्रभुणे : (*स्टेल के नीचे जाने-सा*)—हाँ, क्या है?

सूत्रधार : आप कौन हैं?

प्रभुणे : मैं इस नाटक का पात्र हूँ।

सूत्रधार : नाटक किसका है?

प्रभुणे : नाटक प्रेक्षकों का।

सूत्रकार : नाटक किसका है प्रभुणे?

प्रभुणे : नाटक क्रिटीक लोगों का!

सूत्रधार : प्रभुणे, ठीक से जवाब देना! नाटक किसका?

प्रभुणे : नाटक नाटककार का।

सूत्रधार : हाँ तो प्रभुणे।

प्रभुणे : हं।

सूत्रधार : वापस जाइए। भटकते भूत कहीं के! जहाँ से आये हो वहीं पर चले जाओ।

प्रभुणे : चलता हूँ! (*पीठ न दिखाते पीछे-पीछे जाता है। भीतर चला जाता है।*)

(सूत्रधार पेटीवाले को पेटी वापस करता है। नायिका आती है। 'टेबल' के पास! अभी भी बेचैन है।)

सूत्रधार : (*प्यून बनकर मंच पर आकर*) भिडे मैडम, आपका फोन है।

(नायिका सूत्रधार के पीछे-पीछे ऑफिस के 'फोन' के पास जाती है। सूत्रधार प्यून की भूमिका में रंगमंच पर वहीं टहलता है। ऐसे कि मानो 'मुझे कुछ लेना देना नहीं।' फिर भी सुनता रहता है।)

(नायिका रिसीवर उठाती है। चेहरा मुरझाया-सा।)

नायिका : हैलो!

युवक : (*दूसरी ओर आता है। काल्पनिक रिसीवर उठाकर*) हैलो मिस अंजलि भिडे, प्लीज!

नायिका : (*चेहरा, स्वर खिल रहा है। पर उस पर काबू रखते हुए*) मे आय नो हूज इज स्पीकिंग?

युवक : भागवत।

नायिका : कौन भागवत?

युवक : शेखर भागवत?

नायिका : कौन शेखर भागवत? (*चेहरे पर प्रतिशोध का आनन्द। प्यून को खड़ा देखकर आँखों से डाँटती है।*)

युवक : ओ... अंजू... नो किडिंग नाऊ। कब आती हो?

नायिका : लेकिन कौन शेखर भागवत?

युवक : कमॉन नाऊ। कब आती हो इतना बताओ!

नायिका : मैं आपको नहीं पहचानती।

युवक : इनफ ऑफ दैट! बेबी! आय ॲम वेटिंग फॉर यू हिअर!

नायिका : मैं काम में हूँ।

युवक : अभी निकलो। टैक्सी करो। रूम थ्री ओ थ्री।

नायिका : (*प्यून उर्फ सूत्रधार की उपस्थिति से बेचैन है। वह न दिखे ऐसी मुड़कर खड़ी और जाने की इच्छा से संघर्ष करती हुई*) मैंने सुबह फोन किया था।

युवक : डोंट टेल मी। मैं तो तुम्हारी राह देख रहा था...

नायिका : फोन पर किसी ने कहा—कौन अंजलि भिडे?

युवक : ऑपरेटर या रिसेप्शनिस्ट होगा...

नायिका : उसने अपना नाम शेखर भागवत बताया...

युवक : डोंट टेल मी! मैंने ही कहा। वह तुम थी? उफ्! तुम थी?

नायिका : (*प्यून दिखने से कॉन्शस! वह न दीखे इस तरह खड़ी होकर, धीमी आवाज में*)
मैंने तीन बार अपना नाम बताया।

युवक : लेकिन मैंने सुना नहीं। और एक बार कहतीं।

नायिका : किसलिए? (*रिसीवर पर हाथ रखकर... महादू, तू क्या कर रहा है यहाँ अब तक?*)

नायक : ऑफुली सॉरी बेबी! मैं नींद में था। अब जैसी भी हो आ जाओ! वेट करने पर मत मजबूर करो। वरना देख...

नायिका : (*अच्छा लगता है फिर भी...*) वरना क्या?
हँ एक मिनट हँ! (*प्यून से*) महादू, जा देख, साहब के टेबल पर रखी फाइलों पर सिग्नेचर हुए हैं कि नहीं... यदि हुए हैं तो लेकर आओ।

सूत्रधार : (*प्यून की तरह न हिलते हुए*) नहीं हुए होंगे!

नायिका : देखकर आने के लिए बोला तो देख के आओ।

सूत्रधार : सीधे जाने का बोलो न! यह चला मैं! यहाँ किसको पड़ी है...(*चलता है और सूत्रधार की जगह पर बैठ जाता है।*)

नायिका : (*फोन में*) वरना क्या? अं? मैं अपने प्यून महादू को डाँट रही थी। मवाली कहीं का। पुरुषों के सामने भीगी बिल्ली! महिला काम बताए तो जगह से हिलेगा नहीं! हाँ तो वरना क्या? राह देखनी पड़ेगी तो।

युवक : आय विल गो मैड! मैं मैड हो जाऊँगा!

नायिका : हो जाइए। पता तो चले कि कैसे होते हैं।

युवक : ऐ क्रुअल लड़की।
(मुस्कराती है।)
प्लीज डार्लिंग! मुझे राह देखने पर मजबूर मत करना। दौड़ती आओ।

नायिका : (*अनजाने में*) हाँ! (*सम्भालकर*) ऑफिस छूटने पर... थोड़ी देर के लिए! (*फोन रखती है। दिल जोर से धड़कता है। पेटीवाला पेटी पर दिल का धड़कना बजाता है।*)

प्रभुणे : (*आकर*) मिस भिडे! क्या मामला है?
(सूत्रधार झट से पेटी बजाकर 'हिप्नोटिक स्पेल' निर्माण करता

है। जादुई हलचल–हाथों की–प्रभुणे चुपचाप 'स्पेल' के नीचे भीतर चला जाता है।)

नायिका : (*सूत्रधार से*) थैंक्स!

सूत्रधार : नो मेन्शन। (*पेटीवाले की ओर पेटी खिसकाता है।*)

(नायिका चंचल, बेचैन मन से खड़ी।)

सूत्रधार : (*नायिका के मन की बातें कहता है–*)

ऑफिस छूटा। नायिका स्वयं से कहती है–जाऊँ? कोई देखेगा तो नहीं? दिखना नहीं चाहिए। खाली-पीली, अप्पा को भनक लगेगी तो होगी मुसीबत! ...हाँ, यह बात अलग है कि अप्पा खुद ही कहते हैं–देखो दूसरी लड़कियों को। देखते-देखते पुरुषों को पटाती हैं। ना दहेज, ना खर्चा। राजा-रानी की गृहस्थी! शादी में सरकारी काज़ी करता है सब! मामला खतम! तो फिर मैं अपनी शादी तय करूँ खुद तो उन्हें क्यों बुरा लगेगा? बल्कि खुशी होगी उन्हें! या गुस्सा होंगे? क्या उन्हें पहले बता दूँ? लेकिन यदि वे मना करेंगे तब? और इतना वक्त कहाँ है? वह राह देख रहा होगा। जाऊँ? या नहीं जाऊँ? वह धोखा देगा तो? कोई ऐसा-वैसा चक्कर होगा तब? मुझे इन बातों का अनुभव भी तो नहीं है। पहली बार ही तो... किससे कहूँ? कौन सलाह देगा? या चली ही जाऊँ? पाच पचास... छः छः... दस...छः पन्द्रह...बीस...पच्चीस...

(पेटीवाला अनुरूप धुन बजाता है।)

नायिका : क्या करूँ?

सूत्रधार : कालाय तस्मै नमः! नायिका अंजू आदतन घर जानेवाली बस के लिए बस स्टॉप पर रुक गयी है।

नायिका : (*बस की कतार में जैसे खड़ी हो।*) किसी होटल में महिला का जाना यानी... कैसा दिखेगा?

सूत्रधार : घर जानेवाली दो बसेस अंजू ने छोड़ दी हैं।

नायिका : कोई देखेगा तो? ...यानी वैसा कुछ नहीं! मैं जाऊँगी। बात करूँगी ...और...

सूत्रधार : घर की ओर जानेवाली बस की कतार में से निकलकर अंजू अब होटल मीलन जाने वाली बस की कतार में खड़ी है। धड़कते दिल से। टु गो ऑर नॉट टु गो?

नायिका : (*कतार बदलकर*) यहीं पर साढ़े छह बज चुके हैं। राह देखकर वह

बाहर निकल चुका होगा तो? अप्पा भी तो गुस्सा होंगे देरी हो जाने पर...। इस उम्र में और झंझटें।

सूत्रधार : अंजू खड़ी है। बसें लगातार जा रही हैं।

नायिका : रहने दो अब। दिन ढल गया है। ऐसे में होटल जाना। फोन कर दूँगी बताऊँगी कोई बहाना। हो सके तो कल चली जाऊँगी। यदि सब कुछ सही है तो देखेगा राह! वरना समझ जाऊँगी मामला क्या था! जो हुआ अच्छा ही हुआ। (*हाँफती है।*)

सूत्रधार : (*प्रेक्षकों से*) अंजू पैर घसीटती हुई फिर पहुँची घर जानेवाली बस की कतार में।

(*नायिका के मन की बात*) अच्छा ही हुआ मैं नहीं गयी। खाली झंझट! क्या होता वहाँ? किसे पता। ठीक है तो गनीमत! वरना... ना...ना! क्या-क्या पढ़ते-सुनते हैं। बलात्कार...खून! उफ्! अच्छा ही हुआ। न जाने की सूझी। यात्रा में पहचान वह क्या हुई। और सीधा मिलने के लिए बुलाए? और मैं भी अक्ल की दुश्मन। चली थी मिलने। अच्छा हुआ। टल गया। किसी को कुछ पता न चला।

(पेटीवाला एक आवर्तन बजाता है।)

सूत्रधार : महाराज! इस तरह हमारी नायिका अंजू उर्फ अंजलि घर पहुँचती है।

(नायिका दूसरी ओर खड़ी हो जाती है। माँ दरवाजा खोलती है।)

माँ : क्यों री? देर क्यों हुई?

अप्पा : (*भीतर से आते हुए*) बस नहीं मिली होगी। या ऑफिस में रुकना पड़ा होगा। क्या आप भी। तुरन्त पूछताछ करने बैठीं। और कुछ करने का साहस आपकी बेटी में है कहाँ! दूसरी लड़कियाँ—इसकी हमउम्र—बच्चों की माँएँ बनी हैं। और एक यह है...!

माँ : रहने दीजिए। मेरी बेटी दूसरी लड़कियों की तरह ऐसी-वैसी नहीं है। होगी इसकी भी शादी होगी।

अप्पा : अच्छा हुआ याद आया। भूल रहा था। ये लो उस मंगल मैरेज ब्यूरो का पत्र। सत्ताईस लड़कों की जानकारी भेजी है। एक-दो ही ठीक लग रहे हैं। तू ही देख अब। हम उस नुक्कड़ तक हो आते हैं—राम मन्दिर जाकर! तू उतना रसोई का देख...

नायिका : हाँ अप्पा।

माँ : बेटी थकी-माँदी आयी है और उसे क्यों...

नायिका : कुछ नहीं माँ। मैं बनाती हूँ। आप हो आइऐ।

अप्पा : चलिए। अब समय क्यों गँवा रही हैं आप! *(दोनों जाते हैं।)*

सूत्रधार : अंजू रसोई बना रही है पर दिमाग विचार उस... का ही। क्या वह पुनः घर आएगा? ना बाबा! नहीं आना चाहिए। **माँःअप्पा** को पता चलेगा। ऑफिस में फोन करेगा तो ही ठीक होगा। फोन आएगा तो जाऊँगी। हो-होकर क्या होगा? क्या होगा?

(पेटीवाला साज सदृश्य वातावरण साकारने वाले सुर बजाता है। नायिका कल्पना में खो जाती है।)

(युवक आता है। एक हाथ पीछे पकड़ा है।)

युवक : *(अंजू की ओर बर्फ-सा देखता है।)* अंजू बेबी तू आ गयी? आओ! पास आओ! तेरी राह देख-देखकर मैं थक गया हूँ! डार्लिंग—लो, मुझे पास लो...अपनी बाँहों में... मैं कितना बेताब हूँ... *(एक हाथ फैलाता है दूसरा पीछे ही।)*

(नायिका देखती है।)

अब किस बात का इन्तजार है?

नायिका : दूसरा हाथ फैलाने का...

युवक : वह फैला नहीं पाऊँगा। मोच आयी है।

नायिका : दिखाइए कहाँ मोच आयी है?

युवक : पास आओ तो दिखाता हूँ।

नायिका : नहीं, वहीं से दिखाइए।

युवक : डरती हो?

नायिका : नहीं! पर, आप हाथ दिखाने में डरते हैं?

युवक : *(झूठी हँसी।)* तुझसे डरूँगा? देखो मैं ही तेरे पास आता हूँ!

नायिका : नहीं! वहीं से दिखाइए पहले... वरना...

युवक : वरना क्या?

नायिका : मैं चली जाऊँगी।

युवक : दरवाजा बन्द है।

नायिका : मैं चीखूँगी।

युवक : कोई सुन नहीं पाएगा।

नायिका : ठीक है। मेरे पास भी है कुछ।

युवक : *(चौंककर)* क्या?

नायिका : नहीं बताऊँगी। पास आएँगे तो दिखेगा।

युवक : ये तो कमाल की चालू निकली। (*पीछे के हाथ में का चक्कू दिखाते हुए*) सोचा थोड़ा मजाक करूँ तुझसे।

नायिका : चुपचाप हाथ ऊपर कीजिए! (*सब्जी काटने की छुरी बन्दूक की तरह कर।*)

(युवक चक्कू के साथ हाथ ऊपर करता है।)

भोले बनने का नाटक कर
फँसाते हो कुँआरी लड़कियों को
मुखड़ा मासूम-सलोना
मन में घिनौना व्यापार ऐसा!
मीठे-मीठे वादे-इरादे
और करतूतें मवाली, गन्दी ऐसी?
और ऊपर से रोब?
ठहरो? पुलिस को खबर करती हूँ!
केस! सजा! जेल! चक्की पीसो।
खाओ सीमेंट की रोटियाँ।
रहो तहखाने में।
कोड़े पड़ेंगे सुबह-शाम
तो अक्ल ठिकाने आएगी शायद।
पर नहीं। नहीं बदलेगी चाल तुम्हारी।
जेल से छूटकर फिर
लड़कियों को फँसाओगे।
जिन्दगियाँ तबाह करोगे कइयों की।
हाथ ही काटने चाहिए तुम्हारे!
लफंगे, बदमाश! मवाली हरामी चंडाल कहीं के।
चार सौ बीस।
आँखें फोड़नी चाहिए।
काटने चाहिए पैर।
ऊपर से 'ये'?
इससे भी खतम नहीं होगे तुम!
रौंदना चाहिए हाथी के पैरों तले!
या फेंकना चाहिए पहाड़ पर से नीचे।
तोप से उड़ाएँ?

या कुत्तों के सामने फेंके? नोचने के लिए?
फिर भी
खतम नहीं होगे तुम...
तुम्हारी कौम...

युवक : (*घुटने टेक, सिसकते हुए*) अंजू मुझे माफ कर दो। मैं बचपन में ही कुसंगत में भटक गया। अब मुझे अपनी गलती का अहसास होता है। मुझे क्षमा करो। मुझे मौका दो–सुधरने का। गुमराह मैं इन्सान बन जाऊँगा।

नायिका : (*आगे बढ़कर*) ठीक है। मैंने क्षमा कर दिया। स्त्री होती ही है दयालु। अपराध को उदारमन से माफ करनेवाली। आपने गुनाह कबूल किया। अब मैं आपकी मदद करूँगी। सुधारने में...
(बेल बजती है। नायिका हड़बड़ा जाती है।)

नायिका : अप्पा आये हैं शायद! उन्हें पता चलेगा तब? अब मैं क्या करूँ?
(अप्पा-माँ आते हैं। युवक पीछे से गायब होता है।)

नायिका : (*न सूझते हुए*) अप्पा, माँ आप कैसे आये?

अप्पा : तो क्या हम रातभर वहीं रहते? दर्शन कर लौटे हैं। और क्या।

माँ : यह क्या? अभी तक चूल्हा ठंडा है?

अप्पा : क्यों अंजू? तुम खाना बनाने वाली थीं न? हम बताके तो गये थे।

नायिका : (*सँभलने की कोशिश में*) हाँ कोई आया था। यानी मेरी वह सहेली ... वह निचली मंजिल पर रहने वाली... माली...हाँ वही थी। बैठी ही रही। हं। अभी बना लेती हूँ।

अप्पा : सर मेरा! हो गयी तेरी शादी। सँभाली तूने गृहस्थी।

नायिका : (*उदास*) अप्पा।

अप्पा : क्या अप्पा, अप्पा लगा रखा है। माँ-बाप के साथ ऐसा बर्ताव?

नायिका : हाँ, उन्हें आने ही नहीं देना था।

माँ : वे कौन? किसे आने न देना था?

नायिका : अं? उस माली को...

अप्पा-माँ : (*घृणा से*) हं! (*भीतर जाते हैं। नायिका पूर्ववत्-मूडी बन बैठी है। युवक आहिस्ता से आता है। पेटीवाला पेटी बजा रहा है।*)

युवक : बेबी, वेरी सॉरी! मेरे कारण तुझे इतना सहना पड़ा।

नायिका : इसकी आदत है मुझे। (*खुश होकर*) क्या हुआ माँ-बाप ही तो हैं। उनकी बातें सुनें। क्या फर्क पड़ता है? (*वह पास आने लगता है।*)

पहले दोनों हाथ दिखाओ—(*वह दिखाता है।*) हं! ध्यान में रखना। अपना 'ये' किसी को पता नहीं चलना चाहिए। किसी की नजर में नहीं पड़ना हं! सिर्फ मुझे ही दिखेंगे आप। मंजूर? (*वह 'हाँ' में गर्दन हिलाता है। और कोई धोखाधड़ी नहीं?*) (*वह गर्दन हिलाता है। दोनों हँसते हैं।*)

युवक : अब आएगी न मिलने? होटल मीलन...

नायिका : हाँ आऊँगी। किसी को पता न चलने दूँगी।

युवक : पक्का?

नायिका : हाँ हाँ पक्का।

(युवक चला जाता है। अंजू काम में। गुनगुनाती है।)

(पेटीवाला वही गाना बजाता है।)

नायिका : पेटीवाले! कितना अच्छा बजाते हैं आप! सार्थक, अनुरूप! (*सूत्रधार से*) इन्हें कैसे सूझता है?

सूत्रधार : आप ही ने तो सुझाया। आप गुनगुना रही थीं।

नायिका : कौन? मैं? कब? मैं तो काम में थी...

सूत्रधार : शरीर काम में था। और मन गुनगुना रहा था।

नायिका : क्या खूब कहते हैं आप। चलिए देखते हैं। हं बजाइए। (*उसके पास जाकर रंगमंच से पैर नीचे लटकाकर बैठ जाती है। बेसुरा गाती है। पेटीवाला बजाता है। बाद में झुँझलाकर बन्द करता है।*)

नायिका : क्यों? थक गये?

सूत्रधार : वह गीत है न? सिर्फ गाना ही ठीक होगा।

नायिका : सीधे कहिए न। मैं गा नहीं पाती।

(दोनों आपस में गप्पें लड़ाते हैं। पीछे अप्पा-माँ खड़े हैं। सूत्रधार का ध्यान आकर्षित करने का असफल प्रयत्न करते हुए। प्रभुणे भी शामिल हो जाता है। सूत्रधार और नायिका इससे बेखबर। पेटीवाला उन्हें सावधान करने की चेष्टा में। वह भी असफल! अन्त में प्रभुणे छींकता है।)

सूत्रधार : (*चौंककर*) क्या है?

प्रभुणे : (*होठों की हलचल से*) नाटक... नाटक!

सूत्रधार : हाँ हाँ! अब नायिका का रोल है!

(हाथों के इशारों से समझाता है।)

नायिका : (*लजाकर*) सच? (*हड़बड़ाकर उठती है। नाटक में का पोज़ लेकर*)

(इशारों से अप्पा-माँ-प्रभुणे को जाने के लिए कहती है।)

(वे भीतर चले जाते हैं। सूत्रधार अपनी जगह पर) (नायिका 'काल्पनिक आईने' के सामने सिंगार करने में मग्न) (पेटीवाला संगत करता है। माँ पीछे से आकर)

माँ : क्यों री? आज कुछ खास है?

नायिका : नहीं तो...

माँ : ज्यादा ही सज-धज रही हो!

नायिका : आपको यूँ ही लग रहा है।

(माँ भीतर जाती है। नायिका पुनः सजने में मग्न! पेटीवाला बजाने को रुकता है। अप्पा आते हैं।)

अप्पा : क्यों अंजू? हीरोइन बनना है क्या?

नायिका : कुछ भी! यूँ मामूली लिपस्टिक लगाई तो...

अप्पा : कुछ फायदा है क्या? फालतू खर्चा...

नायिका : *(न मानते हुए)* होगा भी फायदा!

अप्पा : हाँ? कहाँ चली हो तीर चलाने?

नायिका : काम पर।

अप्पा : लिपस्टिक लगाकर?

नायिका : चाहे तो पोंछ देती हूँ! मुझे क्या! *(करती कुछ नहीं!)* खुद के लिए कुछ न करूँ?

अप्पा : कल सिगरेट पीओगी...परसों शराब...

नायिका : छीः मुझे नहीं अच्छा लगता...

अप्पा : आते वक्त मेरे लिए उतनी सुपारी लाना...

नायिका : हाँ लाऊँगी!

(वे पीठ खुजलाते भीतर जाते हैं। नायिका ध्यान से आईने में देखती है।)

सूत्रधार : *(पेटीवाले से इशारा कर बजाने को कहता है। उसके आवर्तन पर)* हाँ तो हमारी नायिका उर्फ अंजू काम पर निकली है और पता है इतने में क्या हुआ? *(नायिका गुनगुनाती 'घर' से बाहर। जाते-जाते कहती है—'माँ-अप्पा जा रही हूँ।' दूसरी ओर आकर बस की कतार में खड़ी! बस की राह उत्सुकता से देखती है...)*

सूत्रधार : क्यों अंजू दीदी! आज काम की जगह बदल गयी है क्या?

नायिका : हं! काम पर कौन जा रहा है?

सूत्रधार : तो फिर?

(नायिका मधुर मुस्कुराती है! पेटीवाला सुरों से 'दाद' देता है।)

अच्छा!

नायिका : हाँ! लेकिन किसी से कहना मत हं!

सूत्रधार : नहीं कहूँगा!

नायिका : मेरा यह राज़ सिर्फ आपके पास!

सूत्रधार : हाँ हाँ! बिल्कुल!

नायिका : ऑफिस जाकर कहने का कि...

सूत्रधार : यह राज़?

नायिका : उफ्! नहीं। एक मेसेज!

(पेटीवाला सुर पकड़ता है।)

नायिका : कहिए कि मेरी तबीयत ठीक नहीं है!

सूत्रधार : वे पूछेंगे क्या हुआ?

नायिका : हं...कहिए...फ्लू या मलेरिया...

सूत्रधार : या कि लवेरिया?

नायिका : शू ऽ ऽ! ऐसा करिए! ये 'नोट' ही पहुँचा दीजिए। (*कागज ढूँढ़ती है! कागज निकालकर*)

सूत्रधार : (*पास आकर*) सर, बीइंग इनडिस्पोज्ड...

नायिका : (*लिखती है।*) आय शैल नॉट बी एबल...

सूत्रधार : टु अटेंड...ऑफिस टुडे...

नायिका : (*पेन्सिल चबाते हुए*) टुडे...आगे...

सूत्रधार : देअरफार आय शुड बी काइंडली ग्रांटेड वन डेज कैज्यूअल लीव! (*लिखा हुआ देखती है।*) एलइएवीई–लीव!

नायिका : हाँ वही!

सूत्रधार : नॉट एल ओ वी ई...

नायिका : (*लिखा हुआ देखकर*) उफ्! मेरा भी दिमाग...

सूत्रधार : (*भजन के स्वर में*) प्रकरण नया-नया है! नोट में उतरा है! वन डेज कैज्युअल लव...कैज्युअल लव!

नायिका : (*जल्दी से*) हं! अब ठीक हुआ। (*लज्जा बनी हुई है।*) हं गलती दुरुस्त की। अब मज़ाक नहीं! बी सीरियस! नाऊ लेट अस बी सीरियस! (*लिखती है*) योर्स फेथफुली–अंजलि भिडे–क्लर्क! (*सूत्रधार को देते हुए*) लीजिए...

सूत्रधार : (*लेते हुए*) दीजिए! (*सलाम कर अपनी जगह पर*)

अंजू ने दी चिट्ठी
ऑफिस से ली छुट्टी
पढ़कर कहता साहब
'इतनी मिस्टेक हुई कैसे?'
सिर पकड़कर किया छुट्टी सैंक्शन
पर सामने खड़ा था प्रभुणे भकंस फिक्र में डूबा–बोला–क्या हुआ
'शिक होने?'
कल तो अच्छी-खासी थी...
घर जाना चाहिए–हाल पूछने...
चलो 'हाफ डे' छुट्टी करो
अंजू-घर में तशरीफ ले चलो
साथ में लो मुसंबी रसदार
पूछताछ करने जो चला सेहत की
सामने रखूँगा फल रसदार
जिह्वा पर शब्द भी बहारदार...
कहूँगा–तबीयत सँभालिए...
        ऑफिस में आइए ज़रूर...
        जाएँगे मिलकर भोजन करने...
        सपना सँजोकर रखूँगा आँखों में...
अरे हाँ! यही तो घर है!
        पहुँचा भी मैं झट् कितना!
अब वहाँ क्या होना था! हुआ!
प्रेक्षक जी! आप भी देखना जी!

(पेटीवाला 'जय जय स्वामी रघुवीर समर्थ' बजाता है।)

(प्रभुणे मुसंबी का पैक लेकर अंजू के घर में...मॉड, फैन्सी कपड़े, टी शर्ट...बेल बजाता है। बाल ठीक करता है। पैकेट सँभालता है! मुसंबी नीचे गिरती हैं! झट् से उठाता है! उतने में अंजू की माँ दरवाज़ा खोलती है–)

माँ : नहीं चाहिए मुसंबी! आगे बढ़ो!

अप्पा : कौन है?

माँ : फलवाला! नया दिखता है!

(प्रभुणे फिर से बेल बजाता है।)

माँ : ये लोग होते ही हैं पिछलग्गू...

अप्पा : आप ठहरिए! मैं फटकारता हूँ। (*दरवाज़ा खोलते हैं।*) क्या है?

प्रभुणे : (*हड़बड़ाता है।*) अं...कहाँ...मुसंबी...नहीं अंजू...

अप्पा : अंजू?

प्रभुणे : हं-हं- अंजलि...कभी-कभी ऐसा हो जाता है।...अंजलि...

अप्पा : कौन अंजलि? यहाँ कोई अंजलि-बंजली नहीं...

प्रभुणे : अं? (*नेमप्लेट देखकर*) भिडे...मिस अंजलि भिडे यहीं रहती हैं न?

अप्पा : उसका क्या?

प्रभुणे : ये मुसंबी...पूछताछ के लिए मैं...

अप्पा : कैसी पूछताछ?

प्रभुणे : अंजलि जी बीमार हैं न...?

अप्पा : कौन?

प्रभुणे : अं? गलतफहमी में मत रहना...मैं उनके ऑफिस में हूँ...उन्हें देखने आया हूँ! उनकी तबीयत...

अप्पा : क्या हुआ उसे?

माँ : (*डरकर*) क्या हुआ अपनी अंजू को? कहाँ?

अप्पा : आप जरा चुप रहिए जी! हं! क्या हुआ अंजलि को?

प्रभुणे : वही तो देखने आया हूँ! आऊँ भीतर?

अप्पा : अंजलि ऑफिस गयी है।

प्रभुणे : नहीं...

अप्पा : मैं कह रहा हूँ न!

प्रभुणे : नहीं!

अप्पा : मैं उसका बाप कह रहा हूँ न कि वह ऑफिस गयी है...

प्रभुणे : पर मैं ऑफिस का बाप कहता हूँ न कि वह आज ऑफिस नहीं आयी...

अप्पा : असम्भव...

प्रभुणे : मैं सच कहता हूँ! आप मुझे उनसे मिलने क्यों नहीं देते? कुछ ज्यादा खराब है क्या?

अप्पा : ज्यादा खराब आप हैं...आप...

माँ : वे क्या कह रहे हैं? कुछ घोटाला है क्या?

अप्पा : घोटाला उनके दिमाग में है...कहते हैं अंजलि बीमार है...

प्रभुणे : (*मुसंबी सामने पकड़कर*) मैं झूठ बोल सकता हूँ पर ये मुसंबी झूठ
बोलेंगी?
गृहस्थ आदमी हूँ
दो बच्चों का बाप
वफादार नौकर सरकार का!
ऑफिस में शान है मेरी!
तेरह साल की नौकरी हुई है
पूछ लेना किसी से भी...
ईश्वरसाक्ष झूठ बोलता हूँ
दो ही जगह पर—
एक, साहब के सामने
दो, बीवी के सामने!
बाकी ये वचन का सच्चा है!
रिश्वत लूँगा पर झूठ नहीं बोलूँगा!
और मुझ पर इल्जाम लगाते हैं आप?
मैं झूठ ही सही पर ये मुसंबी?
ये झूठ बोलेंगी?
ऑफिस में बैठा था!
काम करने का स्वाँग रचा था
पर बेहोश न था।
नींद में या नशे में न था...
आँखों से देख रहा था...
कानों से सुन रहा था...
वह 'सिक नोट' खुद देखी है...
साहब के केबिन में जा रही थी...
बीच में ही प्यून को पकड़कर पढ़ ली मैंने
साफ-साफ दिखी थी...
अंजू नॉट वेल...
नीचे दस्तखत थे 'असली' अंजलि के...
आँखें फूटेंगी तब भी पहचानूँगा वह अक्षर
मुँह फोड़ोगे तब भी बोलूँगा यही सब
मैं झूठ तो झूठ सही, पर ये मुसंबी?

ये कैसे झूठ हो सकती हैं?
चिन्ता ने घेर लिया...
हाफ डे खर्च किया...
सब्जी मंडी पहुँचा...
खुद खरीदी...उफ्! चौबीस रुपये डज़न-पका मामला है-मीठा है।
इतना बोझ ढोया!
बारह रुपये खर्च किये—अपनी कमाई के!
बैठूँगा बीमार अंजू के सिरहाने रात-दिन!
हाँ कम-से-कम दिन में तो!
छीलके दूँगा—
ज्यूस बनाकर दूँगा...
बारह रुपये मुसंबी के...बस का किराया डेढ़ रुपया...
आने-जाने की मेहनत? ऊपर से!
आके क्या मिला? इल्जाम? संत्रास!
झूठ बोलने का इल्जाम?
अंजलि की चिन्ता अलग से!
ठीक है! मैं झूठ! पर ये मुसंबी?
ये कैसे झूठ होंगी कभी?

अप्पा : पर मैं पूछता हूँ आपको इतनी हमदर्दी क्यों?

प्रभुणे : यह तय करनेवाले आप कौन होते हैं?
(दोनों में वाक् युद्ध—हाथों की एक्शन! पेटीवाला लड़ाकू ट्यून बजाकर प्रोत्साहन देता है।)

सूत्रधार : (*उन्हें शान्त करते हुए।*) बाप हो आप! भई, लेकिन शान्त हो जाओ। (*पेटीवाले से*) चुप हो बे! वरना पेटी जब्त करूँगा। (*प्रभुणे से*) आप दिमाग ठंडा रखिए!
(*अप्पा-माँ से*) देखिए, यह सीन यूँ ही लम्बा खींचा जा रहा है! आगे का भी सीन है। आप पहले भीतर 'फूटिए' भला!
(तीनों भीतर जाते हैं।)
(नायिका आती है।)
आपका सीन है? (*नायिका 'हाँ' में गर्दन हिलाती है।*)
तो ठीक है! (*अपनी जगह पर जा बैठता है।*) (*प्रेक्षकों से*) अंजलि कहाँ थी? उसका क्या हुआ? वह होटल मीलन पहुँची कि नहीं? वहाँ

क्या हुआ?...अरे देखिए...अपनी अंजू...जा रही है...
(पेटीवाला 'चली पिया के देस मैं सजधज के' बजाता है।)
(अंजलि इस पर नृत्य सदृश्य हलचल करती है।)

सूत्रधार : हाँ तो इन संगीत मंडली के बारे में कहा ही जाता है कि इन्हें 'सा' मिला कि ये पहुँचे ही (*ऊपर देखते*) 'सा' पर! (*पेटीवाले से—इशारे से चुप*) अंजू ऊर्फ अंजलि—आयु उनतीस...कुँआरी...पहुँची है होटल मीलन...
(रंगमंच पर आकर काउंटर के रिसेप्शनिस्ट जैसा खड़ा रहता है।)

नायिका : (*डरी-सहमी-सी*) दिस इज होटल मीलन?

सूत्रधार : (*रिसेप्शनिस्ट*) येस मा'म।

नायिका : रूम न. थ्री जीरो थ्री...

सूत्रधार : (*काल्पनिक चाभियों के बोर्ड को देखते हुए*) मे आय नो हू यू वांट मा'म?

नायिका : शेखर भागवत।

सूत्रधार : भागवत? रूम न. थ्री जीरो थ्री? (*रुककर*) वेकेंट मा'म! वहाँ कोई नहीं है!

नायिका : लेकिन...वहाँ तो शेखर भागवत हैं...

सूत्रधार : (*रजिस्टर देखकर*) हाँ वहाँ कोई मिस्टर भागवत रहते थे! पर ही लेफ्ट! आज सुबह!

नायिका : लेफ्ट? कब आएँगे?

सूत्रधार : लेट मी सी...(*काल्पनिक रजिस्टर देख*) चेक आउट! बिल भी दिया है। आय एम सॉरी मॉ'म! बट ही हैज लेफ्ट! वे अब नहीं आएँगे!

नायिका : ही लेफ्ट? वापस नहीं आएँगे? (*चक्कर-सा आता है!*)

सूत्रधार : मैडम बैठिए न यहाँ! पानी मँगवाऊँ? आप ठीक तो हैं?

नायिका : अं? नहीं! वे वापस नहीं आएँगे?

सूत्रधार : बैठिए न! अच्छा लगेगा!

नायिका : (*निराशा से झगड़ते हुए*) कुछ मेसेज?

सूत्रधार : (*काउंटर के नीचे देखते हुए*) नो मॉ'म! चाहें तो एड्रेस दूँ? उनका बॉम्बे का पता? शायद काम आएगा। हैव इट! (*देता है।*)। आप रख लीजिए! इन केस यू नीड इट!

नायिका : (*बुत-सी बनी हुई*) पता? (*उदास*)

सूत्रधार : कुछ ज़रूरी काम था?

नायिका : उं? (*गला सूखा हुआ*) नहीं...(*नासमझी में*) ठीक है। मैं चलती हूँ। थैंक्स!

सूत्रधार : गुड डे मा'म!

(हारी हुई नायिका पैर घसीटती हुई रंगमंच पर-आगे...खड़ी होती है...)

(रंगमंच पर अँधेरा...वह खड़ी है।)

सूत्रधार : 'स्पॉट लाइट में रहकर' (*प्रेक्षकों से—हाँ तो सज्जनो!* हमारी नायिका अंजलि प्रियकर से मिलने गयी थी! जैसे-तैसे गयी थी लेकिन वह चला गया था। कुछ भी निशान पीछे न छोड़ते हुए! अब हमारी नायिका दिन भर भरी दोपहर में राह-राह भटकी और शाम को जब घर लौटी तो...प्रभुणे के सीन ने आपको बता ही दिया है घर में कौन सा महाभारत छिड़नेवाला है...घर में क्या हुआ? यह तो हम आपको बताएँगे...पन्द्रह मिनटों के अन्तराल से! (*नमस्कार कर, अपनी जगह से उठकर, मंच से उतरकर प्रेक्षागृह में आता है।*)

(नायिका वैसी ही अँधेरे में खड़ी! फिर आहिस्ता-आहिस्ता चली जाती है।)

(मध्यान्तर)

दूसरा अंक

[सूत्रधार-पेटीवाला अपनी खास जगह पर आकर बैठ जाते हैं! रंगमंच हल्का-सा प्रकाशमान होता है।,]

[पेटीवाला सुरों से खेल रहा है। अपने में निमग्न। उदास-खुशहाल स्वर मालिका सुनाता है! सूत्रधार दाद देता है!

अब रंगमंच पूर्णतः प्रकाशमान]

सूत्रधार : (*प्रेक्षकों से*) हाँ तो, बीच में जो होता है—वह यानी चाय-पान...खान ...पान! वह सब 'बढ़िया' हुआ होगा ऐसी आशा व्यक्त करते हुए ...अपने इस नाटक-यानी 'शुभ मंगल! सावधान' के दूसरे अंक का आरम्भ करता हूँ! अपने इस नाटक की नायिका साज-सिंगार कर, ऑफिस से एक दिन छुट्टी लेकर, डरी-सहमी-सी क्यों न हो, लेकिन मन में ढेर सारी उमंगें, आशाएँ लेकर अपने प्रियकर से मिलने होटल मीलन पहुँच तो गयी...लेकिन! वह प्रियकर तो पीछे किसी भी तरह की कोई पहचान, कोई निशानी न छोड़ते हुए सीधा मुम्बई चला गया! और अपनी नायिका कशमकश में! क्यों गया? काम की वजह से जाना पड़ा या नाराज़गी में चला गया? कुछ दुर्घटना? या जान-बूझकर? या लापरवाही? क्या उसके लिए यह सब खेल था? ऐसे कैसे गया है? ना कोई चिट्ठी, ना सन्देश! मन तो कहता है वह ऐसा नहीं कर सकता! इतनी सज-धज कर मैं गयी! उफ्! कितना भद्दा लग रहा था! उस रिसेप्शनिस्ट का तरस खाता चेहरा! निरर्थक साज-सिंगार! अपमान की चुभन! उपेक्षा की मार! उफ्! बर्दाश्त के बाहर का है सब! और ऊपर से उस 'प्रभुणे कृपा' से हुआ घर में... का हंगामा! सब निपटाते-निपटाते कैसी-कैसी ये तार पर की कसरत।

(नायिका आती है। गुनगुनाती। हमेशा की तरह जल्दबाजी में! चेहरा हमेशा की तरह खिला हुआ! सूत्रधार आश्चर्य, अविश्वास से देखता है)

नायिका : (*उसकी ओर देख रुककर, मुस्कुराकर*) क्या हुआ? ऐसे क्या देख रहे हैं?

सूत्रधार : चमत्कार!

नायिका : कैसा चमत्कार?

सूत्रधार : (*सजग होकर*) नहीं, नमस्कार!

नायिका : कैसे हैं?

सूत्रधार : कौन?

नायिका : आप! और कौन?

सूत्रधार : मैं? (*आश्चर्य से*) हाँ मैं ही!

नायिका : कुछ हुआ है आपको? क्या हुआ है?

सूत्रधार : आश्चर्य! (*रुककर*) वह रहने दीजिए! पर, आप कहाँ चलीं?

नायिका : (*साड़ी ठीक करते हुए*) कल्पना कीजिए!

सूत्रधार : अं...? नहीं सोच सकता!

नायिका : मुम्बई! मुम्बई जा रही हूँ।

सूत्रधार : अचानक? ऐसे?

नायिका : हाँ! क्यों? (*रुककर*) यानी सहसा नहीं! बीच में क्या हुआ आपको पता नहीं है न!

सूत्रधार : पता होता भी कैसे? मध्यान्तर था न!

(*पेटीवाला सुरों की दाद देता है।*)

नायिका : उस दिन मैं होटल पहुँची! वह यानी शेखर भागवत चला गया था! मैंने सोचा—समझ में नहीं आया आगे क्या करूँ? क्या न करूँ? फिर सहसा समझ गयी...

सूत्रधार : क्या?

नायिका : पत्र लिखने का। तेज़ तर्रार पत्र! पता मिल गया था न!

सूत्रधार : क्या लिखा?

नायिका : दरअसल पत्र भी लिखनेवाली न थी! सोचा—क्यों लिखूँ? फिर सोचा—लिखने में हर्ज क्या है? लिखा—

पता मिला आपका
पत्र लिखना तय किया...
आपसे न मिलने की ठानी थी—
किया था आपने अपमान मेरा घोर
मिलने बुलाया

और राह तक न देखी?
चल दिये चुपचाप?
यह क्या रीत हुई?
कमाल के घमंडी कहीं के
ना सभ्यता ना संस्कृति
इनसानियत का तो पता नहीं कहीं
दूसरों की भावना की कद्र नहीं?
पता है क्या बीती मुझ पर वहाँ?
कुछ तो शरम करते?
क्या समझा मुझे आपने?
कोई नहीं?
मेरा अपमान करने का अधिकार दिया किसने आपको?
मैं गुस्से में हूँ!
इस अपराध की कोई क्षमा नहीं!
मिलेंगे कभी तब भी पहचान नहीं दूँगी!
क्षमा माँगेंगे? कोई लाभ नहीं!
हम मिले ही नहीं–समझूँगी!
फोन पर बात भी नहीं की–मान लूँगी!
मिलना मत!
पत्र का जवाब देना मत!
पत्र लिखेंगे भी पढ़ा नहीं जाएगा–समझे?
आपकी अंजलि!
नहीं गलती हुई!
सिर्फ अंजलि...

सूत्रधार : लिखा आपने ऐसा?

नायिका : हाँ! पॉकिट बन्द भी किया! (*रुककर*) फिर सोचा कोई गाय मारे तो हम उसका बच्चा क्यों मारें? फिर दूसरा पत्र लिखा! क्षमा करनेवाला–

सूत्रधार : यह नया पत्र भेजा?

नायिका : हाँ भेजा–

सूत्रधार : क्या लिखा उसमें? 'क्षमा की' ऐसा लिखा?

नायिका : हाँ! लिखा कि–
मैंने क्षमा कर दिया आपको

पहला अपराध समझ!
दया दिखाई है
महिलाएँ होती ही हैं क्षमाशील
अपना समझती हैं
और नज़र अंदाज़ कर देती हैं गुनाहों को!
हाँ लेकिन मैंने
आपको अपना माना नहीं है!
फिर भी
पहला अपराध था
सो सज़ा नहीं फर्मायी!
(मिटाने का अभिनय कर)
लिखा भी और मिटाया भी!
सोचा जाने दो–
फिर नये सिरे से लिखा–
आऊँगी यदि मुम्बई
तो मिलेंगे क्या इस बार तो सही?
पते पर इस पहुँचूँगी तो
होंगे क्या वहाँ अब की बार...
या खिसक जाएँगे पिछली बार गये थे वैसे?
मैं किसी काम से मुम्बई आ सकती हूँ!
वैसे काम ऐन समय पर कैन्सल भी हो सकता है!
पक्का कुछ भी नहीं फिर भी!
हाँ! मानकर मत चलना कि आऊँगी ही!
मिलना चाहेंगे यदि आप निश्चित रूप से तो पता ढूँढ़ने का मतलब भी होगा कोई!
लिखा तो सही
पर, सवाल एक खड़ा हुआ मुँह फैलाए!

सूत्रधार : कैसा सवाल?

नायिका : नहीं समझे? उत्तर किस पते पर मँगाती? घर के पते पर आये मेरे सारे पत्र अप्पा पढ़ते हैं! उनकी आदत है! उन्हें पता चलता तब तो हो जाती मेरी छुट्टी!

सूत्रधार : क्या होता?

नायिका : होता क्या? पर यूँ ही! हजारों प्रश्न पूछते। उनको लगता है कि मैं अभी भी नासमझ, नाबालिग हूँ!

सूत्रधार : फिर क्या किया आपने?

नायिका : लिखा! यदि मिलने वाले हैं तो इस प्रकार पत्र लिखिए–'पूछताछ की! लड़का ठीक लग रहा है! आप आ सकती हैं।–तुम्हारी क्षमा।'

सूत्रधार : यह क्षमा कौन?

नायिका : कोई नहीं! क्षमा करने की बात से नाम सूझा! अप्पा को किसी महिला का नाम दिखने से मतलब! पत्र भेजा और राह न देखते दिन बिताए! खाली आशा पर क्यों बैठूँ? एक बार का अनुभव सीखने के लिए काफी है!

और पता है जवाब आया!

सूत्रधार : क्या?

नायिका : इसलिए तो जा रही हूँ।

सूत्रधार : शुभास्ते पंथानः। सफल होकर आइए। या आइए ही मत! मामला फिट हो गया तो वहीं पर रह जाइए!

नायिका : यह कैसे हो सकता है? जॉब है! और घर में बताया भी नहीं है! पता है घर में क्या बताया है?

सूत्रधार : क्या?

नायिका : लड़के की पूछताछ करने जा रही हूँ!

सूत्रधार : झूठ थोड़े ही है? आपको अपनी शादी खुद ही तो तय करनी है! पिताजी ने यह जिम्मेदारी आप ही पर सौंपी है! फिर उनके लिए..

नायिका : आप नहीं जानते! अप्पा का अनुशासन। एकदम कड़क! उन्हें तो मैं बाद में बताऊँगी। जब सब कुछ ठीक होगा तब! तय होगा तब! आजकल के लड़कों का कोई भरोसा थोड़े ही है? और ये जनाब तो फॉरेन रिटर्न्ड! फॉरेन में सेटल होने की बात करने वाला! घमंडी! हमें तो ठीक से जानकारी भी मिली नहीं है! क्या भरोसा! युवा लड़कियों को फाँसनेवाला होगा तो? सावधानी बरतना सबसे अच्छी बात! ज्यादा सपने में खोना नहीं चाहिए किसी को!

हाँ सपनों मे खोना ठीक नहीं होता। अनुभव है मेरा, कल्पना नहीं यह!
सपने लुभाते हैं, फाँस लेते हैं अपने में और धोखा दे जाते हैं!
और हम
रोते बैठते हैं अन्त में बीते सपनों को लेकर!

सपने ले चलते हैं हमें
ऐसी राहों पर कि
उनकी समाप्ति पर
कोई भी गाँव नहीं होता कभी!
और राह भी शेष नहीं होती वहाँ
जब पलटकर देखते हैं हम वहाँ!
होता है सिर्फ एक शून्य—
एक अवकाश
पेट में की तरह...
आसमान इतना!!!
ठीक है! चलती हूँ!

सूत्रधार : हाँ! हमारी शुभेच्छाएँ हैं!

(नायिका जाती है। पेटीवाला लय, सुर बजाता है।)

सूत्रधार : *(प्रेक्षकों से)* अब इस बच्ची का मुम्बई में क्या होगा? इसे वह क्षमा यानी शेखर भागवत मिलेगा? मिलने पर क्या होगा?

(स्टेज पर एक नया ही स्त्री पात्र आकर धड़ाम से बैठ जाता है! पेटीवाला उसका 'बैठना' बजाता है और खुद पर ही खुश! आत्म सन्तुष्ट!)

सूत्रधार : *(पात्र की ओर देखते हुए)* आप कौन? आपकी तारीफ?

पात्र : *(भन्नाते हुए, ठोस आवाज़ में)* मैं? में अंजू की छोटी बहन हूँ—मंजू!

सूत्रधार : अंजू की बहन मंजू? आपका यहाँ आने का प्रयोजन? क्या काम है?

पात्र : काम? वहाँ पहले ही था! साला, एक-इकलौता प्रवेश! और आप आगे भागते रहे! एक प्रवेश! वह भी होने नहीं दिया? क्या चल रहा है यह सब?

सूत्रधार : सॉरी हं! मैंने कुछ किया थोड़े ही है? वैसे मैं भी नया हूँ! नाटक के बारे में ज्यादा कुछ आइडिया नहीं है! इसी से यह गड़बड़ घोटाला हुआ होगा। अब आप क्या कहना चाहती हैं?

पात्र : क्या कहना चाहती हूँ? मेरा प्रवेश होना चाहिए!

सूत्रधार : पर, नाटक तो आगे बढ़ गया है!

पात्र : तो पीछे ले आइए उसे! चाहे जो कीजिए! लेकिन मेरा प्रवेश होना चाहिए। *(बैठ जाती है।)*

सूत्रधार : ठीक है। अगले प्रयोग में आपका...

पात्र : अगले नहीं। इसी प्रयोग में! अभी! मैं यहाँ से जाने वाली नहीं हूँ! (*पक्का बैठ जाती है।*)

सूत्रधार : (*पेटीवाले से*) क्या करें? (*सिर खुजलाता है।*)

पात्र : उनसे क्या पूछ रहे हैं? मैं बताती हूँ!
(*विंग में देखते*) अंजू! आ! एंट्री ले! अपना प्रवेश बाकी है! चल!

नायिका : (*आती है और नासमझी में*) कुछ गलत हो रहा है! (*सूत्रधार से*) आपका क्या खयाल है?

पात्र : वे भी यही सोच रहे हैं! लेकिन हमारी कुछ इज्जत है या नहीं!
इकलौता प्रवेश तो क्या!
उसके लिए भी झगड़ा-फसाद?
प्रमुख पात्रों के लिए खुला मैदान!
सारा रंगमंच उनकी सेवा में...
नायिका के एकालाप...
नायक के मंतव्य...
दोनों का मिलना...रूठना...मनाना...ऐसा-वैसा! इधर...उधर!
प्रतिनायक की तिकड़मबाजी...दावपेंच...चीखें...धमकियाँ...
कॉमिक पात्रों की ऊलजलूल हरकतें...
ये सारे महानुभाव
'अपना राज' समझकर घूमनेवाले...
इनके बीच हमारी बारी कब आनेवाली?
नाटक लम्बा खींचा कि हम गायब कर दिये जाते हैं!
यह कैसा न्याय?
हमारे बिना नाटक?
जैसे हम दोहरे गुनहगार!
अब ऐसा कुछ नहीं चलेगा! अपना प्रवेश शुरू होना चाहिए! तुम नहीं आओगी तो मैं अकेली करूँगी! (*राह न देखते हुए मानो सूत्रधार के पास बैठने के लिए आने की मुद्रा में*) कल ही आयी हूँ! बच्चे कहाँ छोड़ती भला? (*गोद में काल्पनिक बच्चा है और उसे समझाने की अदा में*) चुप रे! एक पल भी मुँह बन्द नहीं होता इसका! तनिक कहीं बतियानी जाओ तो इसका बैक ग्राउंड म्यूजिक शुरू—रो-रोकर परेशान करता है! (*बड़े बेटे से*) अरे बंडू वह ट्रांजिस्टर रख। हाथ मत लगा! घर का तो तोड़-फोड़ दिया! अब इनका भी!

सूत्रधार : (*दोनों भूमिकाएँ निभाता है। ट्रांजिस्टर की चिन्ता में फिर भी समझदारी से*) रहने दो मंजू! छोटा बच्चा है! (*प्यार भरा फिर भी चिन्ता का स्वर*) बंडू! बेटे! दो वह ट्रांजिस्टर! (*काल्पनिक बंडू और ट्रांजिस्टर! छुड़ाने की चेष्टा! बंडू छोड़ने को तैयार नहीं!*) बेटा दो अच्छे मेरे बच्चे! (*बंडया के चेहरे पर ट्रांजिस्टर पटकने का भाव..*)

पात्र : (*गुस्से में*) बंडया! ठहर! देखती हूँ तेरी ओर! (*गोदी में के बच्चे को कल्पना में उठाती है!*) जहाँ जाऊँगी वहाँ इसका ये तोड़-मरोड़ना...!

सूत्रधार : (*दुखी मन से ट्रांजिस्टर उठाता है।*) आज इधर का रास्ता कैसे याद आया?

पात्र : अरी! मायके आयी थी चार दिन आराम करने! तो पीछे लगा यह काम! अंजू के लिए दो लड़के कहकर आये हैं। देखना है कहीं तय हो जाय तो भला! अप्पा ने फर्माया—आयी हो तो जा उसके साथ! हमने ऐसी परेशानी नहीं होने दी किसी को! और यह महारानी देखो! बहन हमारी! जब लड़कों की ओर से रिश्ते आ रहे थे तब इसकी अक्ल गयी थी घास चरने! नकारती गयी। ये ऐसा है। वो वैसा है! खुद को कभी आईने में देखा होता तब ना! (*गोद में के बच्चे को चुप कराते थक जाती है। अंजू से*) ले जरा सँभालो इसे! (*बच्चा रोता ही है।*)

(*सूत्रधार से*) कभी बच्चे को चुप करा पाएगी तो बात ही क्या थी! उसके लिए दिल में चाहिए न! लेकिन कहाँ से आता? जब शादी ही नहीं हो पायी तो...

नायिका : (*बच्चा पकड़ कर*) देख, वाकडे सामने ही रहते हैं!

पात्र : जानती हूँ! बंडया चुप कर! (*अंजू से*) सिर्फ पूछताछ ही करनी है न? तुम करो! मैं उस दूसरे लड़के के यहाँ हो आती हूँ!

नायिका : ठीक है। (*बच्चे को नीचे रखती है।*)

पात्र : (*सूत्रधार से*) देखा? कैसे पटक गयी? बहन के बच्चे सँभालने के ये हाल! खुद के होते तो क्या करती?

सूत्रधार : (*सूत्रधार होते हुए*) हो गया आपका काम?

पात्र : हाँ।

सूत्रधार : तो अब फूटिए यहाँ से!

(*पात्र जाने लगता है। सूत्रधार उसे रोकते हुए*) अजी मैडम! इनको तो लेते जाइए! (*एक-एक कर दोनों बच्चों को सौंपता है।*) अपने

बच्चे तक याद नहीं! हं अब जाइए! (*पैर पटकते बच्चों को लेकर जाती है।*)

(पेटीवाला उसका 'जाना' बजाता है! सूत्रधार लय पर तालियाँ बजाता है। हाथ झटककर अपनी जगह पर आ बैठता है!)

सूत्रधार : अब सीधे मुम्बई! बजाओ मुम्बई! (*पेटीवाला मछुआरों का गीत... गरबा...पंजाबी भांगड़ा...क्रिश्चनों का गीत... कोंकणी गीत बजाता है...*)

नायिका इस लय पर ठुमकती आती है।

सूत्रधार : (*बजाना रोकने का इशारा कर*) आयी मुम्बई! (*पेटीवाला हॉर्न की आवाज़ें बजाता है!*)

नायिका : (*हाथ में बैग। स्टेशन के बाहर! हड़बड़ायी है।*) टैक्सी! ए टैक्सी... (*दूसरी-तीसरी टैक्सी न रुकते जाती है।*)

सूत्रधार : (*टैक्सीवाला होकर*) बोलो कहाँ जाना है?

नायिका : टैक्सी है?

सूत्रधार : टैक्सी नहीं तो गवर्नर की कार दिख रही है? कहाँ जाना है आपको?

नायिका : ग्रांट रोड चलो! (*टैक्सीवाला 'ग्रांट रोड' बुदबुदाते 'इंटरेस्ट नहीं' के भाव में खड़ा! क्या हुआ? चलो ना!*)

सूत्रधार : ब्रेक डाउन है! गाड़ी नहीं चलती!

नायिका : टैक्सी चलती नहीं? पहले क्यों कहा? अब क्या हुआ?

सूत्रधार : दूसरी टैक्सी लेवो!

नायिका : अब कहाँ है दूसरी टैक्सी? कैसे जाऊँ? (*टैक्सीवाला वैसा ही चुप*) (*दिमाग में सोच कौंधती है।*) ज्यादा किराया देंगे। तब तो चलोगे?

सूत्रधार : (*खुशी से उछलकर*) चलो! (*काल्पनिक टैक्सी का 'दरवाजा' खोलता है!*) बैठो!

(खुद टैक्सी चलाने की पोज में। सिगरेट सुलगाता है! फेंक देता है! मुँह से टैक्सी चलने की आवाज़ें) (पेटीवाला पेटी पर हॉर्न देता है!)

नायिका : अब नहीं ब्रेक डाउन?

(टैक्सीवाले के चेहरे पर नाराज़गी।)

सूत्रधार : लो, आ गया ग्रांट रोड!

नायिका : पक्का आया न? कितना पैसा हुआ?

सूत्रधार : पचपन रुपये।

नायिका : मीटर पर तो कम दिखता है!

सूत्रधार : वह तो दिखेगा ही!

नायिका : रेर्ट कार्ड दिखाओ। (*मजबूरी में ढूँढ़ता है। देता है।*) वाह रे वाह! बना है चालीस रूपये बीस पैसे सिर्फ।

सूत्रधार : पचपन रुपये। एक पैसा भी कम नहीं लूँगा।

नायिका : तुम ज्यादा बोल रहो हो।

सूत्रधार : आप ही बोला! ज्यादा दोगी बोला न? हम तो कायदे से माँगता है!

नायिका : लो ये चालीस रुपये!

सूत्रधार : चालीस? तो कुछ ही मत देना! हम सोचेगा फोकट में छोड़ा! साला ब्रेक डाउन था फिर भी ले आया!

नायिका : लो ये चालीस रुपये।

सूत्रधार : अब पचपन दो। वरना सीधे पुलिस थाने!

नायिका : (*उतरकर चलने लगती है।*) ठीक है।

सूत्रधार : कहाँ चल दी? पहले हमारा पैसा दो!

नायिका : चालीस रुपये दूँगी–

सूत्रधार : हमको क्या भिखमंगा समझा?
गिनके पचास लेंगे–
अरे हम तो हैं टैक्सीवाले
बम्बइया टैक्सीवाले
है कोई हमसे टकरानेवाला?
हम अपनी मलिका-ए-फियाट लेकर
रास्ते पर उतर आते हैं।
शेर दिल भी हम से डर कर चूहे बन जाते हैं
कौन कहता है कि हम धन्धे के वास्ते जीते हैं?
हम तो घुमक्कड़ हैं! ऊपर से पैसा भी मिलता है।
कोई अगर करना चाहे टैक्सी एंगेज
तो उसे हम घुमाते हैं समझे भैया?
कोई करे यदि आर.टी.ओ में हमारी कम्प्लेंट
तो भी कुछ नहीं बिगाड़ सकता हमारा कोई
हम ड्राइवर-ए-आज़म!
मालिक-ए-जहन्नुम
शाए-ए-फियाट इस शहर के झगड़ा हो जाय अगर तो

खुदा भी डरता है हमसे समझे भैया?

नायिका : ठीक है।

सूत्रधार : (*जल्दी में उसे रोककर*) दो पचास रुपये!

नायिका : एक पैसा ज्यादा नहीं। चालीस ले।

सूत्रधार : इस जाहिल के सामने तो घुटने टेकने की नौबत आयी है! अच्छा चलो दो चालीस...

साला हमारे धन्धे का टाइम बरबाद हुआ!

(पैसे गिनकर लेता है। सूत्रधार 'सूत्रधार' बन अपनी जगह आ बैठता है!)

नायिका : (*सूत्रधार से*) क्यों कैसी रही? हुई हूँ नं ट्रेण्ड अप्पा की तालीम में?

सूत्रधार : मान लिया! (*प्रेक्षकों से*) अब शेखर भागवत! लीजिए! ग्रांट रोड पर स्थित यह 'नागू सयाजी' बिल्डिंग भी आयी! हाँ थोड़ा ढूँढ़ना तो पड़ता ही है!

(नायिका तनिक मुड़कर खड़ी है। चेहरे पर लज्जा)

(युवक आता है। रेशम का कुर्ता, बंगाली स्टाइल की धोती, हाथ में फूल–बालों की स्टाइल भी अलग! नायिका के पास से आगे बढ़ता है! नायिका मुड़कर देखती है।)

नायिका : शेखर! मिस्टर शेखर भागवत न?

(युवक रुकता है। चेहरे पर कोई पहचान नहीं!)

आप शेखर भागवत हैं न? सॉरी! पर...

गलतफहमी? (*मुड़ने लगती है।*)

युवक : (*बांग्ला में*) आपनाके काके चाई?

नायिका : (*उसे गौर से देखती है*) हाँ! आप जैसे ही दिखते हैं!

युवक : ओ बूझे छी! शेखर बायरे गॅच्छे! आमी उनके बोंधू!

नायिका : बोंधू? अच्छा अच्छा! बंधू! लेकिन बांग्ला?

युवक : कलकत्ता में रहता हूँ कई सालों से! माफ कीजिए। आपके साथ भी बांग्ला में बोला।

नायिका : (*निहारती है।*) इतना साम्य? (*स्वयं से*) आँखें तो बिल्कुल उसके जैसी! यह कैसे हो सकता है?

युवक : हाँ सभी धोखा खा जाते हैं! लेकिन हमें नहीं लगता कि हम एक-से दिखते हैं! कोई बात नहीं। भीतर चलिए! शेखर नहीं है तो क्या हुआ? हम हैं न। (*बैग उठाता है।*)

नायिका : नहीं। रहने दीजिए। मैं उठाऊँगी!

युवक : ना ना! आपनाके आश्तेई हॉबे! गाँव से सीधी यहाँ आयी हैं आप?

नायिका : हाँ! लेकिन मैं अपनी सहेली के घर ठहरूँगी!

युवक : ऐसा मत कीजिए। बरना शेखर क्या कहेगा? मैंने शेखर की मेहमान का खयाल न रखा! हम उसके बोंधू। आपको ठहरने न दूँ? ना ना। एटा होते पारेना! (*उसका हाथ पकड़कर*) चालिए भाभी। घर चलिए। **(नायिका घबराई-व्याकुल। वह उसके साथ गोल घूमकर रुकता है।) (पेटीवाला संगत करता है।)**

सूत्रधार : घर आया!

(नायिका युवक के स्पर्श से बावरी! कशमकश में कि दोनों एक जैसे कैसे?)

युवक : यह शेखर का घर भाभी। हम यहीं रहते हैं। बाहारा आपनारही! किच्छु चाईले बोलबेन! (*एकदम सजग होकर*) माफ कीजिए। कलकत्ता में ही हूँ ऐसा लग रहा है! शेखर नहीं है इसलिए संकोच मत करना! घर—अपने घर की तरह रहिए। शेखर कल नहीं तो परसों आएगा ही!

नायिका : कल या परसों? नहीं-नहीं! इतने दिन मैं नहीं रुक सकती! मुझे चलना चाहिए।

युवक : जाने का तो नाम ही मत लीजिए! समझिए कि आप अपने घर में हैं! शेखर किस्मतवाला है!

नायिका : (*लजाकर*) चाहे तो मैं कल आऊँगी!

युवक : हम होकर आते हैं! बाहर ही चले थे कि आप मिल गयीं। एख्खुनी आसूची! आपनी बोशूब! आमी आसची!

(नायिका 'वह गया है' वहाँ देखती है। रहस्यमयी)

सूत्रधार : (*प्रेक्षकों से*) नायिका उलझन में फँस गयी है! (*नायिका से*) क्यों अंजलि दीदी? अजी-दीदी...कुछ झमेला है?

नायिका : वैसा कुछ नहीं, पर इतना एक-सा चेहरा?

सूत्रधार : होते हैं भाई एक जैसे!

नायिका : हं!

सूत्रधार : अब भी कशमकश सुलझी नहीं?

नायिका : सुलझी तो है। पर स्पर्श भी एक-सा?

सूत्रधार : आप दुविधा में हैं?

नायिका : नहीं तो!

सूत्रधार : रात यहीं पर बितानी पड़ेगी इसलिए?

नायिका : *(चौंककर)* अप्पा क्या कहेंगे?

सूत्रधार : कल्पना में के अप्पा?

नायिका : सच्चे अप्पा!

सूत्रधार : वे कैसे जान पाएँगे?

नायिका : पर वे होते तो रहने न देते!

सूत्रधार : आप क्या चाहती हैं? रहना? या जाना?

नायिका : दोनों!

सूत्रधार : फिर भी मुसीबत है! चलिए हेड एंड टेल करते हैं! *(जेब से सिक्का निकालता है)* आप रहेंगी–टेल! आप जाएँगी–हेड! ठीक? *(उछालता है। देखकर)* चलिए! जाना होगा!

नायिका : हं! *(खड़ी है।)*

सूत्रधार : क्यों? चलेंगी न?

नायिका : हाँ पर, घर में?

सूत्रधार : हम हैं न! क्यों पेटीवाले?
(पेटीवाला हाँ कहता है।)
तो आप चलिए!

नायिका : *(सोचकर)* किसी को तो आने दीजिए! उसे बताकर चल दूँगी! यूँ चोर की तरह क्यों जाऊँ? घर की कोई चीज़ चोरी हो गयी तो?

सूत्रधार : ओहो! इतनी चिन्ता इस घर की?

नायिका : किसी का भी हो लेकिन घर है न?
हम तो मेहमान
घड़ी दो घड़ी के...
घर की प्रशंसा करते हैं–करते रहते हैं।
रहते हैं उसमें!
इस्तेमाल करते हैं उसे!
कन्धों पर, गोदी में उसके
बैठते हैं। उछलते हैं! उसकी परवाह किये बगैर!
गरमाहट ओढ़कर उसकी
चैन की नींद सोते हैं
सू-शी-नहाना-धोना
सब करते हैं

और एक दिन
घर के लोगों से विदा ले
निकल पड़ते हैं!
घर ख़ामोश! उदास होता है!
घर—इनसानों में बसता है!
घर में इनसान बसते हैं!
आदमी के सुख-दुख का साक्षी
होता है घर!
अविरत साक्षी!
सुखी-दुखी होने का आदी
वह भी होता होगा!
इसीलिए तो
घर भरा-भरा-सा लगता है।
घर सूना-सा लगता है!
घर खिलता है।
घर में छेद भी होते हैं!
वह हिलता है! झकझोर देता है खुद को!
घर उजड़ता भी है। वीरान खँडहर!
घर अपना हो
या कि हो किसी का भी
घर घर होता है—इनसानों का घर!
इनसानों के लिए घर!
घर साया है
आसरा है
गरमाहट है
घर छत है
आश्वस्ति है।
आदमी नहीं तो
घर बे-घर है
इसीलिए इनसानियत चाहिए!
घर में इनसान होने चाहिए!
इनसान में स्नेह होना चाहिए!

शाम में दीपक बालना चाहिए घर में—
स्नेह बाती से युक्त...

सूत्रधार : यानी आप रहेंगी।

नायिका : (*जल्दी से*) नहीं। उसके आने तक!

सूत्रधार : उसके यानी कौन?

नायिका : वही! भाई शेखर का!

सूत्रधार : ओ! वह शेखर का भाई—बोंधू...

(नायिका के चेहरे पर फिर उलझन! तो फिर रहिए! कालाय तस्मै नमः (*अपनी जगह पर आ बैठता है!*) प्रेक्षको! आप समझ ही गये होंगे कि शेखर और उसका भाई—दोनों की भूमिकाएँ एक ही अभिनेता निभा रहा है! लेकिन ऐसा क्यों किया जा रहा है? ऐन समय पर आयी किसी मुसीबत के कारण? या अपना अभिनय कौशल दिखाने की 'डबल रोल' करने की शेखी बघारनी है उसे? फिलहाल तो इस सन्दर्भ में कुछ कहना सम्भव नहीं है! शायद ये दोनों भूमिकाएँ एक ही व्यक्ति जीता है। इसे ही स्किजोफ्रेनिया कहते हैं—मानसिक बीमारी! नाटककार शायद यह दिखाना चाह रहा होगा। फिलहाल तो सच बस इतना ही है कि नायिका की तरह हम भी उलझन में फँसे हुए हैं! ठीक है। आगे बढ़ते हैं!)

(पीछे नायिका काल्पनिक घर ठीक-ठाक कर रही है। पेटीवाला उचित स्वर निकालता है और पेटी की सम नायिका की हलचल पर सहसा आती है तो दोनों एक-दूसरे की ओर देख मुस्कुराते हैं! पुनः अपने-अपने काम करते हैं।)

(युवक बंगाली कपड़ों में ही!)

(नायिका काम में। युवक देखता है!)

युवक : वाह! वाह! अरे बौदी, शेखर दादार बाडीटा तो आपनी खूब शाजिये दिये छेन! (*नायिका मुड़कर देखती है।*)
शेखर के आने पर उसे बताना चाहिए। साले की चॉइस एकदम सही है! (*नायिका लजाती है—सीमा में*) अब चाय बनाइए फक्कड़ और खाने को भी...

नायिका : (*उत्साह से*) हाँ!

युवक : तब तक हम किताब पढ़ेंगे! रवीबाबू के साहित्य का विशेष अध्ययन!

रवीबाबू प्रोसिद्धो लेखोक! (*पुस्तक खोलकर पढ़ने लगता है। आराम से अधलेटा होकर*) (*पढ़ने का बहाना कर नायिका को देखता रहता है!*) (*नायिका से सेल्फ कॉन्शस*) (*नायिका चाय-नाश्ता ले आती है। रखती है।*) (*नायिका नीचे देखती है। मुड़कर दूर जाने लगती है*)

युवक : (*पढ़ते-पढ़ते ही*) बहिनी! आप भी लीजिए न!

नायिका : (*न देखते हुए*) नहीं। नहीं चाहिए!

युवक : कम-से-कम चाय तो लेंगी हमारे साथ?

नायिका : ना ना!

युवक : नहीं चलेगा! लेनी ही पड़ेगी!

नायिका : मुझे भूख नहीं है!

युवक : चाय के लिए भूख की क्या ज़रूरत है?

नायिका : ठीक है। लूँगी!

युवक : (*खड़ा होकर*) हमारी चाय में से थोड़ी तो लेनी ही पड़ेगी! (*उसका हाथ पकड़कर लाना चाहता है। नायिका दूर खिसकती है!*) क्यों? हमसे डर लगता है? आमि तो तोर छोटो भाय। शेखरदा ने हमें गोदी में उठाकर खेलाया है! आमा के लोज्जा पाबेन ना! आमी तो आपनार दैवोर! हम तो आपकी भी गोदी में छिप सकते हैं। (*अपनी जगह पर जाकर बैठता है। नायिका राहत महसूस करती है।*) पहले आप लीजिए। तब तक हम कुछ नहीं खाएँगे!

नायिका : (*पसीज कर*) यह क्या छोटे बच्चों सा!

युवक : हाँ! आमी तो छोटा शिशु! तोमार शिशु! किन्तु खूब होठी!

नायिका : (*आकर बैठती है!*) हं अब लीजिए! (*कुछ मुँह में डालती है!*) देखिए मैंने लिया। अब आप लीजिए!

युवक : (*चाय का घूँट लेकर*) लीजिए। चाय भी लीजिए!

नायिका : (*संकोच से*) हं! बाद में लूँगी! पहले आप खाइए! (*जल्दी से कुछ खाती है।*) देखिए। मैंने फिर खाया है। अब आप खत्म कीजिए। (*युवक बुत-सा*)
(*नायिका बेचैन*)

नायक : आपनी चा ना नी ले। आमि ओ ने बो ना!

नायिका : (*नासमझी में*) ये क्या! जूठी चाय! मुझे नहीं अच्छा लगता यह सब!

युवक : (*गुस्से में*) हं! तो मैं पीता हूँ। (*एक ही घूँट में कप खाली करता है।*)
(पेटीवाला युवक का कप 'पटकना' बजाता है। फिर रवीन्द्र संगीत की मंद गत...युवक नायिका की ओर न देखते हुए बैठा रहता है!)

सूत्रधार : (*नायिका का एकालाप सुनाता है।*)
जाना ही ठीक रहेगा! है न? पता चला तो अप्पा क्या कहेंगे? झंझट नहीं चाहिए! अप्पा क्या कर रहे होंगे? और माँ? (*कुछ ढूँढ़ने लगती है बेचैनी में*) (*सूत्रधार प्रेक्षकों से*) देखते-देखते शाम हो गयी! रात होने लगी है! शेखर का वह भाई 'अभी आता हूँ' कहकर जो गया है अभी तक लौटा नहीं है। (*युवक जा चुका है। नायिका बदन सिकोड़कर बैठी है।*) (*पेटीवाला साथ निभा रहा है।*)

सूत्रधार : (*नायिका का गंतव्य*) कहाँ है चाभी-ताला? कहीं दिखाई नहीं दे रहा है! या सिर्फ साँकल चढ़ाकर जाऊँ? चिट्ठी छोड़कर जाना ठीक रहेगा! 'राह देखकर जा रही हूँ!' वही आदत! इस बार भी वही किया! मैं तो बताकर आयी थी! पर, मैं जाऊँगी और कोई घर में घुस आया तो? मुझ पर इल्जाम...!
रात भी हो चुकी है! (*युवक बंगाली ड्रेस में*)

युवक : बौदी! (*नायिका चौंक जाती है। पेटीवाला उसकी मनःस्थिति पेटी पर बजाता है।*) मैं ही! शेखर का बोंधू! आमार खाबार चाईना! आमी खे एशेची! शेखर अब तक नहीं आया है! वह ऐसा ही है। राह देखने पर मजबूर करता है! कभी भी आएगा। या कल आएगा! आप भोजन कर लीजिए! चलिए-खा लीजिए।

नायिका : नहीं! नहीं चाहिए!

युवक : (*हाथ पकड़कर*) चलिए। भोजन कीजिए।

नायिका : (*हाथ छुड़ाने की आपाधापी में*) ठीक है। मैं खा लूँगी। आप वहाँ-उधर बैठ जाइए! (*पेटीवाला नायिका के मन के डर को सुरों में बाँधता है।*)

युवक : हाँ बाबा! देखिए! बैठ गया! अब तो खुश?

सूत्रधार : (*प्रेक्षकों से*) हमारी नायिका ने भोजन किया है! युवक वहाँ बैठे-बैठे आग्रह कर रहा था! ज्यादा कुछ न हो इसलिए नायिका ने उसकी बात मान ली है! और अब तो रात भी काफी हो चुकी है!

युवक : भाभी, रवीबाबू की कविता में प्रकृति का जो रूप है न वह मामूली नहीं है! यह प्रकृति सखा है! विराट-व्यापक है! (*रवीन्द्रनाथ की बंगाली कविता तल्लीनता से सुर-ताल में कहता है। नायिका मन्त्रमुग्ध होकर सुनती है! धीरे-धीरे आवाज़ फेड आउट होती है और युवक की तल्लीनता दिखती रहती है!*) (*पेटीवाला नायिका की मनःस्थिति बजाता है।*)

सूत्रधार : (*प्रेक्षकों से*) नायिका स्वयं से-अपने आप से ही पूछ रही है—यह मैं मैं ही हूँ न? यह तू तू ही है न? यह सब कितना अद्भुत है? मैं इसे बर्दाश्त नहीं कर पा रही हूँ! लगता है इस आनन्द के महासागर में मैं...मैं बहती जा रही हूँ, डूब रही हूँ! मेरी साँसें फूल रही हैं! फिर भी लग रहा है—यह जो है वह कभी खत्म न हो...कभी खत्म न हो... (*पेटीवाला बजाने को रुकता है। सूत्रधार कहने को रुकता है।*)

युवक : (*जम्हाई लिए*) उफ्! रात में आनेवाली मेल गाड़ी का भी समय बीत चुका है! भाभी सो जाइए! अब वह कल आएगा! (*नायिका संकोच, डर से बदन सिकोड़ती है।*) बिछौना बिछाइए भाभी। रोज हम बिछाते हैं आज आप बिछा दीजिए!

(*वह वैसी ही खड़ी*)

शेखर और हम यहीं सोते हैं। कभी एक ही बिस्तर में! बचपन की आदत! (*सोने की जगह 'काल्पनिक बिछौने' में जा लेटता है। नायिका उसी जगह पर बैठी है।*)

यह क्या भाभी? आपका बिस्तर?

नायिका : (*संकोच से*) रहने दो।

युवक : ना ना ऐसे कैसे? (*उसकी ओर आने लगता है।*)

नायिका : (*उठकर पीछे खिसकती हुई*) ना ना! मैं सोऊँगी! बाहर! बाल्कनी में! आप मत आना...

युवक : अच्छा! आप औरत जात! बाहर सोऊँगी? आया ध्यान में! हम एक कमरे में? छी! छी! बौ दी! आपनार मोने एशॉब एलोकी कोरे! आमी तो आपनार शीशु! आमी बायरे शोबो! आपनी छॉटे शुन! आपनी बॉरजाए भेतोर थके बोंदो कोरेनीन! बास! ठीक आच्छे तो? (*उठकर गैलरी में जाकर बिछौने में सोने का नाटक!*)

(नायिका कमरे में बैठी है! युवक की ओर देख रही है! द्वंद्व में फँसी है! पेटीवाला अनुरूप बजा रहा है।)

(नायिका हिप्नोटाइज होने जैसी उठती है! गैलरी की ओर खिंची जाती है। रुकती है। सीना धड़कता है। वापस मुड़ती है! फिर दरवाज़े के पास! मोहित हो उसे देखती है।)

(पेटीवाला बजा रहा है।)

सूत्रधार : (*प्रेक्षकों से*) नायिका कह रही है यह सोया हुआ बोंधू एकदम शेखर जैसा ही दिख रहा है! शेखर...मासूम...बच्चे-सा! लगता है कि...

(नायिका का हाथ युवक के मुख की ओर बढ़ता है। वह झट् से पीछे खींचती है।)

सूत्रधार : *(नायिका के मन की बात)* नहीं नहीं! कुछ और ही हो जाएगा! अपना उससे क्या सम्बन्ध? वह शेखर का भाई है! शेखर हमें... *(पुनः नायिका सोये हुए चेहरे के 'स्पेल' नीचे जा रही है।)* एक ही बार...बस एक ही बार छू कर देखूँ वह चेहरा...वे बाल सहलाऊँ... बस, सिर्फ एक बार! *(खुद को रोकते हुए)* नहीं! वह जाग जाएगा तो? इससे अच्छा है कि...

(धीरे से उठकर सोये हुए चेहरे के कसाव से अपने को छुड़ा लेती है। मुँह फेर कर कमरे में जाती है।) (पेटी का संगत जारी है।)

(प्रेक्षकों से) अंजू को कितने कष्ट उठाने पड़े अपने आपको रोकते हुए! शेखर...नहीं—यह उसका भाई...क्यों न इसे ही पसन्द किया जाय? यह तो शेखर से अच्छा है। उम्दा है। दिलदार, हँसमुख है। शेखर का घमंड इसमें नहीं है! हमने शेखर से कोई वादा थोड़े ही किया था? उसके और हमारे बीच कुछ तय ही नहीं हुआ है। हम यहाँ आनेवाले हैं इसकी भी उसे कोई खबर नहीं। या परवाह नहीं। उस दिन हमें होटल पर बुलाकर कैसा गायब हुआ था पता है न? मामूली चिट्ठी तक नहीं छोड़ी थी! इतनी तो उसे हमारी परवाह! हम थोड़े ही उसके लिए जवाबदेह हैं? और ये—है तो उसका ही भाई! क्यों न हम...?

(नायिका पेटीवाले की सुरावट और सूत्रधार के कथन योग्य हाव-भाव दर्शाती है। नृत्य-सदृश्य हलचल! आखिरी में 'मूड' में खोयी बैठ जाती है! पेटीवाला अब भैरवी के मर्मभेदी सुर गुँजाने लगता है! धीमे-धीमे)

सूत्रधार : *(प्रेक्षकों से)* सुबह हुई! अंजू ने मन में तय कर रखा है! कुछ भी हो! प्रपोजल रखने का! चोरी थोड़ी ही है? ज्यादा से ज्यादा क्या होगा? 'नहीं' कहेगा! उससे भी क्या फर्क पड़ेगा? और एक नकार! पर ऐसा न हो कि बाद में हमें लगे—हमने पूछा होता तो...'पूछना है' यह पक्का तय है।

(नायिका पेटी की लय पर फूर्ती से काम में व्यस्त! नृत्य-सदृश्य हलचल! युवक जाग जाता है। नायिका उसके सामने चाय रखती है।)

युवक : (*चाय देखकर*) ओ! थैंक यू! (*साहबी उच्चार*)
(नायिका चौंककर देखती है! पेटीवाला यह क्षण पेटी के स्वरों में बद्ध करता है।)
(*शेखर की अदा में*) व्हॉट हैपंड? इट्स सो नाइस टु गेट योर टी इन बेड! हूं! तू भी ले न! हैव इट!
(नायिका अविश्वास से देखती है।)
स्टेट्स में आदत पड़ गयी—बेड टी की!
(चाय पीने लगता है। खुश है।)
(अब वह शेखर लग रहा है। कपड़े रात में के ही। बाल बिखरे हुए।)
(पेटीवाला इंग्लिश धुन बजा रहा है! युवक ने पाइप ढूँढ़ा है। सुलगा रहा है!)

युवक : बेबी! व्हेअर्स योर कप?
(*नायिका अभी भी अचरज में*)
आय से व्हेअर्स योर कप? (*जोर से*)
तुम्हारा कप कहाँ है?

नायिका : (*हड़बड़ाकर*) अं? कप? हाँ-हाँ! (*लाती है*) हाथ थरथराता है! नज़र शेखर के चेहरे पर! (*वह चाय की चुस्कियाँ ले रहा है। अब उसके कप में भी चाय उँडेल रहा है। पेटीवाला नायिका की दुविधा पेटी पर बजा रहा है।*)

सूत्रधार : (*नायिका का एकालाप*) नायिका कह रही है—यह तो शेखर है! या शेखर की नकल उतार रहा है उसका भाई! मुझे ये कैसा आभास हो रहा है? कपड़े तो रात के हैं! इन कपड़ों में शेखर? वह तो गाँव गया था। आया कब? और उसका भाई कहाँ है? हं! आभास? या शेखर का भाई कुछ मवालीगिरी कर रहा है? लेकिन...
(नायिका चेहरे पर ये भाव दिखा रही है और पेटीवाला सुरों में—'शेखर' पाइप हाथ में—मुँह में पकड़े हुए उसे चाय 'पीने' का आग्रह करता है!)

युवक : हिअर! टेक इट!
(वह कप लेती है। दोनों चाय पीने लगते हैं। उसकी नज़रें 'शेखर' के चेहरे पर...'शेखर' ने अब सुनहरे फ्रेम का चश्मा पहन रखा है। नायिका के हाथ से चाय गिरती है। 'शेखर' झुँझलाकर देखता है। वह नर्वस होती है—एकदम-से कप उठाकर चलने लगती है!)

युवक : वेट! (*वह रुकती है।*)
लुक हिअर! (*वह मुड़कर देखती है।*)
तुम्हें क्या हुआ है?
(वह नीचे देखती खड़ी है। पेटीवाला पेटी पर उसकी मनःस्थिति दर्शाता है!)

सूत्रधार : (*नायिका का कथन*) मुझे क्या हुआ है? पहले यह बताओ आपको क्या हुआ है? यह कैसा खेल है? और वह कहाँ है? या तू ही है वह?
(वह उसके पास जाता है। ठुड्डी उठाकर उसे निहारता है। वह संकोच में। कँपकँपी)

युवक : बेबी! बेबी!

सूत्रधार : (*नायिका की बात*) यह मुझे अच्छा नहीं लगता। इससे तो अच्छा है कि तू बंगाली में कह दे। कल जैसे तेरा भाई या तू...समझ नहीं पा रही थी। फिर भी अच्छा लग रहा था! मधुर...अब कहाँ गया वह तेरा बंगाली बोंधू? पर, तूने पहने हुए कपड़े तो उसी के हैं...

युवक : (*नायिका से*) आय एम सो ग्लैड! तुम आयी! मैं नहीं था तब भी ठहरीं! आय एम सो ग्लैड!

सूत्रधार : (*नायिका की बात*) बट आय एम नॉट ग्लैड। यानी...तुम बुरे नहीं हो...लेकिन रूखे हो! उसमें जो खुलापन है वह तुममें नहीं है। उसका वह तल्लीनता से कविता कहना...या तुम ही थे वह? सच क्या है? तुम में के तुम सच या वह सच है?
(पेटीवाला यह कशमकश पेटी पर दर्शाता है।)

नायिका : (*न रोकते हुए*) एक बात पूछूँ?
(पेटीवाला रुकता है।)

युवक : हं– गो ऑन।

नायिका : (*प्रयत्न कर*) वह-वह आपका भाई कहाँ है?

युवक : (*चौंककर! खामोश!*) ओहो...भाऊ? यू मीन–गौतम? सो यू मेट हिम? क्यों? अभी उसकी याद क्यों आयी?

नायिका : यूँ ही। कल वही तो था!

युवक : हं हं! समझ गया! यू मेट हिम न? गुड?

नायिका : (*गैलरी की ओर दिखाते*) यहीं पर सोया था कल!

युवक : हाँ हाँ! उसका क्या है? मन चाहे तब आता है। मन चाहे तब चला जाता है!

नायिका : लेकिन ये कपड़े?

युवक : कपड़े? (*खुद को देखकर*) आय सी युवर पॉइंट! ये उसके कपड़े मेरे बदन पर? राइट? वेल! मैं उसके कपड़े कई बार पहनता हूँ! इट्स ॲन ऑल्ड हैबिट!

(नायिका खोयी-सी देखती है। युवक सिगरेट निकालता है। उसे निहारता है।)

सूत्रधार : (*नायिका के विचार*) अप्पा यहाँ होने चाहिए थे! अप्पा क्या कर रहे होंगे? अप्पा सब समझ जाते! मैं ही क्यों कुछ जान-समझ नहीं पा रही हूँ? यह दिमाग है या पत्थर? मैं सपने में तो नहीं हूँ?

(पेटीवाला यह भाव पेटी पर बजाता है।)

नायिका : (*युवक से*) मेरा पत्र मिला था?

युवक : ओ ऑफ कोर्स! आय रिप्लाइड इट! उत्तर भेजा था! नहीं मिला?

नायिका : मिला!

सूत्रधार : (*नायिका के भाव*) पर तुमने कल इन्तज़ार क्यों नहीं किया? भाई को रखा और खुद चला गया? इसी से तो सब घोटाला हुआ! पता है?

युवक : तुम्हारा जर्नी कैसा हुआ? सफर? सफर?

नायिका : अच्छा हुआ।

युवक : घर जल्दी मिला?

नायिका : हं। थोड़ा ढूँढ़ना पड़ा! वह नीचे ही मिला...

युवक : कौन? गौतम? कैसा लगा तुम्हें वह?

नायिका : अं? अच्छा है!

युवक : ही इज नाइस! नो? याह! ही इज! सिर्फ थोड़ा घोटाला है! उतना ही?

नायिका : घोटाला? कैसा घोटाला?

युवक : ओहो। यू डोंट नो...(*रहस्यमय चेहरा*)

नायिका : पर कैसा घोटाला? (*बेचैन*)

युवक : नथिंग! आय से इट्स नथिंग। व्हेन आय सेड इट्स नथिंग, इट्स नथिंग! अंडरस्टैंड? और होगा कुछ तो तुम्हें क्या करना है उससे? (*मूड बदलकर*) एक बार उसने बिल्ली मारी! ऐसा ही होता है। वह बिल्ली अक्सर उसकी गोद में बैठती थी! इट वॉज सॉर्ट ऑफ फांड ऑफ हिम! वह गोद में बैठी और द फेलो किल्ड इट! मुंडी मरोड़ दी! जस्ट लाइक दैट! आय मीन फॉर नो प्हाइम ओर रीजन! और बाद में उसे कुछ याद भी नहीं आ रहा था!

नायिका : (*हादसे से*) नो नो! ऐसा नहीं हो सकता!

युवक : अ नाइस इरानी कैट इट वाज! नॉट वन ऑफ दोज देसी कैट्स! (*मन में तय करते हुए*) हं आज क्या प्रोग्राम है?
लेट मी सी...
(नायिका बेचैन...पेटीवाला सुरों के साथ खेल रहा है।)

नायिका : (*जल्दबाजी में सूत्रधार से*) आपको क्या लगता है? यह झूठ होगा? वह ऐसा हो सकता है?
(सूत्रधार 'कल्पना नहीं' की अदा में कन्धे उचकाता है।)

युवक : देअर वी आर! आज बाहर खाना खाएँगे! वी टेक अवर लंच ॲट सम नाइस होटल! कमॉन! यू बी रेडी सून! कपड़े बदलकर तैयार हो जाओ! (*नायिका वैसी ही खड़ी*)
आय से—तैयार हो जाओ!
(नायिका अपनी बैग में से कपड़े निकालती है। वहीं खड़ी। उसे प्राइवेसी चाहिए।)
तैयार हो जाओ। अब क्या हुआ? आय से (*चिल्लानेवाला है लेकिन धीरज धर*) ओहो! यहाँ कपड़े बदलने में लज्जा आ रही है? हं! यू पूअर इंडियन गर्ल्स! ओहो! जाओ! उधर बाथरूम में जाकर बदलो! (*नायिका तेजी से बाथरूम जाती है।*) दीज इंडियन गर्ल्स...व्हेरी बैकवर्ड!

सूत्रधार : बेहद!
(युवक सूत्रधार की ओर घृणा से देखता है।)
(सूत्रधार एक 'कमजोर' नमस्कार करता है। युवक कुछ करना चाहता है पर सूत्रधार के होने से दुविधा में पड़ता है।)

सूत्रधार : (*जानकर*) करिए ना! जो करना है कीजिए! 'मैं हूँ ही नहीं' समझकर कीजिए! वैसे भी नाटक की किसी भी बात में मैं हूँ क्या? मैं तो यहाँ हूँ। बाहर! आपका चलने दो!
(युवक 'कबर्ड' में से कपड़े निकालता है। 'नाटक' की जल्दबाजी में पहनता है। पहले कपड़े 'कबर्ड' में रखता है। ऐनक, पाइप जेब में रखता है। यह करते समय सूत्रधार को एकदम नज़र अन्दाज़ करता है।)
(नायिका कपड़े बदलकर आती है।)

युवक : बाह! खूब बेश्तो! भालो! खूब भालो!
(नायिका बुत बनी हुई)

तोमाय देक्खे मोने होलो! जॅनो भोटेर बॅला शोमूर्त होए आमार शामने!

(नायिका क्रमशः भयग्रस्त! युवक बंगाली कविता आवेग से पढ़ता है! उसमें पागलपन है। उसकी दिशा में आगे बढ़ता है। वह पीछे हटने का प्रयत्न करती है। दीवार से सट जाती है। वह उसकी ठुड्डी ऊपर करता है! वह चीखती है-! अँधेरा!)

कुछ क्षण खामोशी! धीरे-धीरे प्रकाश! वह आराम कुर्सी में! बगल में युवक! बंगाली भेस में नहीं। आँखों पर सुनहरी फ्रेम का चश्मा...मुँह में सिगार! नायिका आँखें खोलती है। उसकी ओर देखती रहती है जैसे कुछ समझ नहीं रही हो!

नायिका : (*दुर्बल स्वर में*) वह...वह...

युवक : कौन? वह?

नायिका : (*युवक को देखती हुई! संशयग्रस्त...*)आप?

युवक : याह! मैं तुम्हारे पास बैठा हूँ। बेबी! आय वॉज रिअली वरिड यू!

नायिका : गौतम?

युवक : गौतम? ओहो! माय ब्रदर? अभी तक आया नहीं हैं! क्यों? क्या हुआ?

नायिका : लेकिन...मैंने उसे देखा है...

युवक : देखा? नो नो! यू कांट! वह यहाँ आया ही नहीं है! तो तुमने देखा कैसे?

नायिका : वह आया नहीं?

युवक : हाँ, नहीं आया!

नायिका : पक्का नहीं आया?

युवक : क्या तुम्हारा मुझमें विश्वास नहीं है? डोंट यू बिलीव मी? यू बिलीव मी। इजंट इट?

नायिका : लेकिन मैंने उसे देखा है। वह मेरे कितने करीब आ रहा था। मैं चीख पड़ी थी!

युवक : (*उसे थपथपाते हुए*) आभास! हॅल्युसिनेशन! वह यहाँ आया ही नहीं! (*नायिका बोझिल मन से आँखें मूँदती है।*)

शॅल आय सिंग यू अ सॉँग, बेबी? मैं एक गाना गाता हूँ। तुम्हें अच्छी नींद आएगी।

(एक अंग्रेजी गाना गुनगुनाता है। तल्लीन होते हुए आँखें मूँदता है।)

(नायिका मौका देखकर सूत्रधार के पास आती है। वह भी अंग्रेजी गाना सुनने में निमग्न है।)

नायिका : आप ही कहिए! (*सूत्रधार आँखें खोलता है*) आप ही बताइए यह सब क्या है? मुझे आभास हुआ था यह सच है...

सूत्रधार : मैं बताऊँ?

नायिका : कहिए न! जल्दी। कसम है मेरी...

सूत्रधार : कसम क्यों? कसम से मुक्त कीजिए पहले! मैं तो एकदम नौसिखुआ हूँ। क्यों आप मुझे यूँ ही इस झमेले में...

नायिका : नहीं, आपको बताना होगा—कहिए न...

सूत्रधार : (*मन बनाकर*) तो फिर सुनिये! यह मेरा तर्क है...हो सकता है नाटककार कुछ सोच रहा होगा...

नायिका : उसे सोचने दो। आप बताइए...जल्दी।

सूत्रधार : ना! झट् से नाटक में बदलाव आएगा तो? हाँ, लेकिन मुझे लगता है कि यह आदमी लफड़ेबाज है! इसका लच्छन ठीक नहीं है। इसका कोई भाई-वाई नहीं है। यह खुद ही भाई बनता है।

नायिका : मेरे मन में भी यही बात उभर रही थी। थैंक यू। (*फिर पूर्ववत् आराम कुर्सी में जा बैठती है। आँखें मूँदकर*)

(युवक आँखें बन्द किये गाये जा रहा है।)

युवक : (*गाना रोककर*) डिड यू लाइक इट बेबी? डिड यू? अब कैसे लग रहा है? ठीक हो?

नायिका : (*मूँदी हुई आँखों से*) हाँ। अब अच्छा लग रहा है। (*आँखें खोलकर उसकी ओर देखते हुए*) चलिए! भोजन करने चलना है न?

युवक : ओहो! कॅमॉन! हिअर वी गो! (*हाथ आगे फैलाता है। नायिका एक पल सोचकर उसका हाथ पकड़ती है। दोनों बाहर जाते हैं। पेटीवाला अनुरूप कुछ बजाता है।*)

सूत्रधार : (*प्रेक्षकों से*) हाँ तो नायिका अंजलि शेखर भागवत के साथ लंच यानी दोपहर के भोजन के लिए होटल गयी है।

(प्रभुणे वेटर की टोपी पहने हुए। एक गोल टेबल और कुर्सियाँ रखता है और उस ओर अदब से खड़ा हो जाता है। पेटीवाला वातावरण निर्मिति के लिए फिल्मी गाना बजाता है।)

सूत्रधार : सज्जनो यह वेटर आपको प्रभुणे लगेगा लेकिन यह वेटर ही है। प्रभुणे नहीं। कम्पनी में अभिनेताओं की कमी है इसलिए एक ही

आदमी को दो-तीन भूमिकाएँ निभानी पड़ रही हैं। ऊपर से वह इकॉनॉमी मेजर है ही। यानी बचत कार्य!

(नायिका और युवक आते हैं। 'होटल' के टेबल कुर्सी पर बैठते हैं! वेटर की टोपी पहना प्रभुणे उस ओर खड़ा है! सूत्रधार भी वेटर की तरह खड़ा हो जाता है!)

युवक : हाऊ डू यू लाइक द फूड, बेबी? तुम्हें खाना पसन्द आया?

नायिका : हाँ, बहुत पसन्द आया! ऐसा कभी खाया ही न था मैंने!

युवक : गुड। हैव समथिंग मोर! क्या मँगाऊँ?

नायिका : आइसक्रीम।

युवक : बेअरा।

(प्रभुणे आकर सलाम करता है।) कौन सा आइसक्रीम है?

(प्रभुणे वेटर की तरह 'मेनूकार्ड' देता है)

युवक : *(नायिका से)* तुम्हें कौन सा पसन्द है, डिअर?

(उसके हाथ पर हाथ रखता है।)

नायिका : *(अपना हाथ धीरे से हटाती है।)* टू इन वन!

युवक : व्हॉट्स दैट?

नायिका : नहीं। थ्री इन वन!

युवक : ओह! आय सी! *(प्रभुणे से)* थ्री इन वन प्लीज!

(प्रभुणे भीतर जाता है।)

(उसे सहलाते हुए) यू आर लुकिंग टू क्यूट! बेहद सुन्दर!

नायिका : *(धीरे से उठते हुए)* मैं अभी आयी। *(प्रभुणे जिधर गया है, उससे अलग दिशा में जाती है) (युवक बैठा है।)*

सूत्रधार : *(प्रेक्षकों से)* टू इन वन! एक में दो!

(प्रभुणे वेटर-सा आकर आइसक्रीम सर्व करता है। और जाता है। नायिका आने में देर लगा रही है। युवक बेचैन। उठकर देखता है। फिर बैठता है। दूसरी ओर से नायिका आती है। बैठती है। पेटीवाला बजा रहा है।)

युवक : तुम्हारा आइसक्रीम आया है डिअर!

नायिका : थैंक यू!

(आइसक्रीम रुचि खाने का 'माईम' करती है। युवक देखता है। नायिका बीच में आइसक्रीम साड़ी पर गिराती है और ऊँगली से उठाकर चाटती है)

(युवक नाराज़गी से देखता है।)

युवक : नो। दीज आर बैड मैनर्स! डोंट डू दैट! टेक आउट द फिंगर! ओ के गिरा है तो गिरने दो! डोंट मेस आप एवरीथिंग!

नायिका : ओ! आय एम सॉरी! (*अब युवक के कपड़ों पर आइसक्रीम गिराती है।*)

युवक : (*उठते हुए*) ना! व्हाट द हेल! (*खीजता है।*)

(नायिका उसके कपड़े साफ करने के बहाने आइसक्रीम मलती है। पानी उँडेलती है।)

(प्रभुणे वेटर देखता खड़ा है।)

(सूत्रधार वेटर की भूमिका में खड़ा है।)

युवक : (*प्रभुणे से*) व्हाट द हेल आर यू वॉचिंग? पानी लाकर साफ करो। यू ईडियट।

(प्रभुणे भीतर जाकर टॉवल, साबुन, टिनपार लेकर जल्दी से आता है। सूत्रधार भी कुछ दौड़ धूप करता है। युवक के पास दोनों ऐसे खड़े हैं मानो 'ऑपरेशन सफाई' करने जा रहे हैं!)

युवक : (*चिल्लाते हुए*) गेट लॉस्ट यू फूल्स! यू ब्लडी...अवे...आ से...

नायिका : (*युवक से*) दीज आर बैड मैनर्स!

(युवक विस्फोटः होने की स्थिति में। नायिका की ओर देखकर संयम बरतता है।)

युवक : (*प्रभुणे से*) द बिल!

(*प्रभुणे जैसे-तैसे बिल देता है।*)

(*भयावह चेहरे से बिल देखकर नोट आगे करता है।*) हीअर!...टेक इट अंटु गेट मी द चेंज, क्विक! (*प्रभुणे टॉवेल, साबुन आदि लेकर भीतर भागता है। पेटीवाला 'ॲक्शन सुर' निकालता है।*)

नायिका : (*युवक को देखकर*) यू आर लुकिंग टू ब्यूटिफुल डिअर!

युवक : (*दाँत होंठ भींचकर*) ओह! डैम।

नायिका : आर यू ऑल राइट डिअर? कैसा लग रहा है? वेटर?

(युवक से बर्दाश्त नहीं होता। वह खड़ा हो जाता है। प्रभुणे बाकी पैसे लाता है। डिश में रखकर डिश युवक के सामने करता है।)

युवक : (*गुस्से में*) कीप इट!

(प्रभुणे झट् से पैसे उठाकर जेब में डालता है और सलाम करता है।)

युवक : (*खीजभरे स्वर में नायिका से*) कमॉन वी गो!

(प्रभुणे और सूत्रधार के सामने से दोनों जाते हैं। पेटीवाला 'मार्च' बजाता है।)

सूत्रधार : (*प्रेक्षकों से*) तो इस तरह नाटक में रंग भरने लगे हैं। नाटककार के कारण या मेरे कारण? क्या पता...

(प्रभुणे टेबल-कुर्सियाँ लेकर भीतर जाता है।)

(युवक और नायिका प्रेक्षकों की ओर पीठ कर खड़े हैं। खामोश! दोनों मुड़कर कुछ कदम चलते हैं।)

युवक : लेट अस गेट होम। हम घर चलते हैं!

नायिका : हम सिनेमा देखेंगे!

युवक : सिनेमा? एक भी ढंग का सिनेमा नहीं है। सभी रॉटन हैं।

नायिका : चलेगा। हम एक रॉटन सिनेमा देखेंगे!

युवक : इससे अच्छा है कि हम घर चलें...

नायिका : नहीं। सिनेमा (*बच्चों-सी जिद।*)

युवक : ओ के. ओ. के. सिनेमा...

सूत्रधार : सि...ने...मा...

(युवक और नायिका 'प्रेक्षागृह' के 'अँधेरे' में खाली कुर्सियों पर आकर बैठते हैं! प्रेक्षकों के आमने-सामने! नायिका अपने और उसके बीच पर्स रखती है—स्व-रक्षणार्थ मानो हथियार-सा!)

सूत्रधार : (*प्रेक्षकों से*) एक अफलातून रॉटन हिन्दी सिनेमा...

(अप्पा फिल्मी विलेन के रूप में, माँ नायिका के रूप में रंगमंच पर आते हैं।)

सूत्रधार : (*प्रेक्षकों से*) ना...ना...! मैंने कहा था न! इकॉनॉमी मेजर उर्फ बचत कार्य! अब ये दोनों नायिका के माँ-बाप नहीं हैं, बल्कि 'अट्ठे पे नेहला' उर्फ 'कानून मुर्दाबाद' फिल्म के अमजद खान और हेमा मालिनी हैं।

(अप्पा विलेन के रूप में नायिका की माँ पर यानी हीरोइन पर बलात्कार करने की कोशिश करते हैं। हीरो आता है। हीरो प्रभुणे है। हीरो और विलेन में फिल्मी फाइट होती है! पेटीवाला पेटी पर जोर-जोर से बजाकर वातावरण निर्मित करता है। विलेन हारता है। हीरो-हीरोइन का मिलन... युगल गीत-'मरा विलेन' उठकर भीतर चला जाता है। यह सब 'अपस्टेज' पर पीछे हो रहा है। लेवल पर! प्रेक्षकों के सम्मुख चेहरा और दृश्य की ओर पीठ कर दोनों सिनेमा देख रहे हैं। दोनों दृश्यों पर स्पॉट्स! युवक नायिका से छेड़छाड़ करता है। नायिका

जैसे-तैसे उसे रोकती है। वह खड़ी हो जाती है। युवक भी। युवक के खड़ा होने पर नायिका बैठती है। फिल्मी दृश्य और इन दोनों पर स्पॉट। बाकी मंच पर अँधेरा है।)

(सिनेमा खत्म होने पर थिएटर में 'उजाला' होता है।)

(दोनों उठकर 'थिएटर' के बाहर आते हैं।)

युवक : नाऊ बेबी वी गो होम।

नायिका : (*जल्दी में*) नहीं! इतनी जल्दी नहीं!

युवक : आय हेट दीज क्राउड्स! घर में ठीक रहेगा! जस्ट द टू ऑफ अस। (*हाथ पर हाथ मलता है।*)

नायिका : और गौतम?

युवक : वह नहीं होगा!

नायिका : लेकिन आएगा न!

युवक : नहीं आएगा!

नायिका : ऐसे भरोसे से कैसे कह सकते हैं?

युवक : यानी मेरा भाई है वह! मुझे पता न होगा तो किसे होगा?

नायिका : लेकिन आपने कहा न कि वह कभी भी आता है। कभी भी जाता है। ही इज लाइक दैट!

युवक : ओ हो! कमॉन। वह आज नहीं आएगा।

नायिका : (*उत्साह से*) हम अभी चौपाटी जाएँगे! मुझे समंदर देखना है!

युवक : (*संयम बरतते*) वी गो होम।

नायिका : शाम के समय समंदर बहुत सुन्दर दिखता है।

युवक : फिर कभी देखेंगे! अभी घर चलते हैं।

नायिका : (*डेस्परेट होकर*) तुम जाओ मैं समंदर देखूँगी! (*वह चौंककर देखता है। चेहरा गुस्सैल है।*) (*नायिका सहमकर*) लेकिन मुझे समंदर देखना है।

युवक : नो! हाँ ठीक है! ओ. के. वी गो...

(दोनों गोल घूमकर समंदर पहुँचते हैं। पेटीवाला पेटी पर ऐसा बजाता है कि समंदर लहराने लगता है।)

सूत्रधार : (*प्रेक्षकों से*) समंदर—

(नायिका समंदर देखती खड़ी है। चेहरे पर तनाव बढ़ रहा है। युवक गुस्सैल-उबाऊ चेहरे से खड़ा)

युवक : चलो हो गया समंदर देखकर? अब घर।

नायिका : (*दूर देखती हुई*) वह-वह देखो गौतम...(*पुकारकर*) गौतम-ओ...

युवक : (*उसे घसीटता हुआ*) व्हॉट नानसेन्स! किसे पुकार रही हो?

नायिका : गौतम को वह देखो-उस भीड़ में...वह आगे जा रहा है (*पुकारकर*) ओ गौतम ऽ ऽ

(प्रभुणे गुजराती भेस में। अप्पा, माँ, मंजू सभी अजीब-अजीब ड्रेस में... चौपाटी पर के ये तमाशबीन हैं। इनमें सूत्रधार भी शामिल होता है। ये सब अलग-अलग भाषाओं में पूछताछ कर रहे हैं।)

नायिका : (*दूर देखते हुए पुकारना ज़ारी*) गौतम ऽ ऽ

युवक : शटअप। आर यू मैड? गौतम गौतम क्या कर रही हो!

नायिका : (*वहीं देखते हुए*) गौतम ऽ ऽ

युवक : रबिश! वह गौतम नहीं है।

नायिका : (*युवक का हाथ पकड़कर*) चल हम उसके पास चलते हैं।

युवक : वह गौतम नहीं है!

नायिका : तुम्हें कैसे पता?

(*युवक कुछ कहना चाहता है, पर चुप होता है*)

नायिका : (*आगे बढ़ती हुई*) चलो जल्दी। मैं उसे पकडूँगी!

युवक : (*उसे पकड़ते हुए*) लेकिन किसलिए?

नायिका : मैं उससे पूछना चाहती हूँ...वह बात...बिल्ली क्यों मारी उसने! (*हाथ छुड़ाकर*) तुम रुको। मैं अभी आती हूँ!

युवक : (*उसकी कलाई पकड़कर*) कहीं नहीं जाने का। (*गुर्राकर*) सीधे घर चल!

नायिका : वह देख—उस भीड़ में! अरे गौतम (*जोर-जोर से पुकारती है।*)

(*युवक उसे घसीटता है।*)

सूत्रधार : (*युवक से पारसी स्टाइल में*) कायला नहीं जाते? जाव नी...बायडी बोलती है तो ज्याव नी...

युवक : (*नायिका का हाथ जोर से पकड़कर*) वह गौतम नहीं है। शट् योर ब्लडी माउथ...यू...

नायिका : मैंने देखा है। वह गौतम है...

युवक : वह गौतम नहीं है!

नायिका : गौतम ही है!

युवक : हाऊ कैन ही बी गौतम? डैम इट्?

नायिका : व्हाय नॉट लेकिन?

युवक : वह-वह—वेल! एनी वे! होगा तो भी अब चला गया है। उसे ढूँढ नहीं सकते!

नायिका : आयेगा! चल तो सही। मैं मिला दूँगी!

युवक : आइ से इनफ ऑफ इट!

नायिका : कैसे कहते हो कि वह गौतम नहीं है?

सूत्रधार : (*पारसी उच्चारण में*) कैशे पता चला?

युवक : बिकॉज आय नो माय ब्रदर। मैं उसे पहचानता हूँ।

नायिका : वह समंदर किनारे घूमने आया होगा।

सूत्रधार : आवेगा ज़रूर!

युवक : वह कभी नहीं आएगा। बेबी, कमॉन! वी गो। (*उसे खींचने लगता है।*)

नायिका : (*विरोध करते हुए*) मैं...मैं नारियल पानी पीना चाहती हूँ।

सूत्रधार : पिलावो न! साला बायडी माँगटा है तो भी नारियल पानी पिलाटा नहीं...

युवक : (*संत्रस्त*) यू गेट लॉस्ट।

सूत्रधार : कायको? यह समंदर क्या तेरे फादर का है?

युवक : (*नायिका के हाथ में नारियल देता है*) लो!

(नायिका डरते हुए जैसे-तैसे स्ट्रॉ से पानी पीती है। युवक आँखें ऐसी घुमाता है कि डर लगता है।)

प्रभुणे : छीः छीः! बायडी से क्या बदतमीजी करते हैं ये गँवार लोग!

अप्पा : (*मद्रासी टोन में*) आय टेल यू। देअर इज समथिंग फिशी इन दिस हिअर्स...

माँ : हमकू भी दाल में काला लगता है!

मंजू : (*पान चबाते, मर्दानी आवाज़ में*) ए भाय! ये औरत कौन है तेरी? आ?

युवक : माय वाइफ! मेरी पत्नी है।

नायिका : झूठ!

युवक : (*उसे पीछे खींचते हुए*) शी इज नॉट ऑन हर सेन्सेस! दिमाग पर असर हुआ है!

नायिका : नहीं नहीं! मेरा दिमाग एकदम ठीक है!

युवक : इसे अटैक आते हैं!

नायिका : मुझे कुछ नहीं हुआ है। सच में!

(नायक उसका हाथ पीछे ले मरोड़ता है। वह चीखती है।)

युवक : अटैक आने पर वह ऐसा ही करती है! शी इज अंडर ट्रीटमेंट

(सभी उसकी ओर सहानुभूति से देखते हैं।)

नायिका : झूठ! यह सरासर झूठ बोल रहा है। इसने मुझे धोखा दिया है। कमीना! नालायक! मवाली!

(किसी पर कोई परिणाम नहीं होता है।)

माँ : (*अंजू से*) क्या करने का? दोनों का आपस का मामला है। जाने दो। चलो।

(सभी जाते हैं।)

नायिका : मत जाइए। मत जाइए। मुझे इसके कब्जे में से छुड़ाइए! यह बहुत ही खतरनाक आदमी है...

(सभी जा चुके हैं। युवक नायिका को घसीटता है। सूत्रधार पुलिस का कैप सिर पर रखे मंच पर खड़ा कहीं और देख रहा है।)

नायिका : (*अपने को छुड़ाने का असफल प्रयत्न करती हुई*) हवलदार—ओ हवलदार...मुझे बचाइए—इसे कब्जे में लीजिए...

(हवलदार के रूप में सूत्रधार ऐसा खड़ा है मानो कुछ हुआ ही नहीं है! युवक और नायिका के भीतर जाते ही वह कैप निकालकर पॉकेट में रखता है! और अपनी पगड़ी सिर पर धारण करता है।)

सूत्रधार : (*प्रेक्षकों से*) इस तरह आज के नाटक की नायिका अंजू ऊर्फ अंजलि शेखर नाम के असली विलेन के पंजे में दबोची गयी है और विलेन के घर पहुँचायी गयी है। बाँका प्रसंग है। नायिका की मदद सिर्फ नाटककार ही कर सकता है। और कोई नहीं! नाटककार के अलावा और कोई भी भीतर जा नहीं सकता! सूत्रधार तो कठपुतली है मात्र कठपुतली! सारांश, कि नाटक का क्लाइमैक्स यानी चरम बिन्दु आ गया है! (*पेटीवाले को इशारा करता है। पेटीवाला वातावरण निर्मित करने लगता है।*)

(युवक और उसकी पकड़ में छटपटाती नायिका भीतर से 'घर' में प्रवेश करते हैं। युवक नायिका को ज़मीन पर गिरा देता है और 'दरवाज़ा' बन्द करता है। रंगमंच पर अब लाल भयावह प्रकाश। पेटीवाला मन लगाकार वातावरण निर्मित कर रहा है! युवक पागलपन की हदें पार करता हुआ! बाइबल के परिच्छेद पागल की तरह बड़बड़ाता है। बीच में ही रवीन्द्रनाथ टैगोर की बांग्ला कविता कहता है। फिर बाइबल...फिर कविता...फिर दोनों बातें एक दूसरे में घुल-मिल जाती हैं...नायिका बेहद डरी

हुई उसका यह पागलपन देखती है। युवक नायिका की दिशा में आगे बढ़ता है। नायिका डर के मारे पागल-सी होती है। युवक उसके आगे घुटने टेक बैठता है। बाइबल के पैरा कहते जा रहा है! नायिका की दिशा में अपने पंजे बढ़ाता है! उसकी गर्दन अपने दोनों पंजों में दबाता हुआ पागलपन हावी होने-सा बांग्ला कविता कहे जाता है!

अँधेरा!

नायिका की चीख!

प्रकाश!

रंगमंच पर कोई नहीं है।

सूत्रधार और पेटीवाला अपनी जगह पर!

सूत्रधार लोटे का पानी पी रहा है।)

सूत्रधार : (*पानी पीने के बाद*) हं बजाओ! देख क्या रहे हो? बजाओ!
(पेटीवाला हाथ के इशारे से पूछता है—क्या बजाऊँ?)

सूत्रधार : कुछ भी! आपके-मेरे बजाने से कुछ बनता-बिगड़ता थोड़े ही है?
(पेटीवाला कुछ भी बजाता है। नायिका भीतर से प्रवेश करती है। हाथ में पर्स, छाता! दूसरे विंग में जाने लगती है।)

सूत्रधार : (*संकोच से*) नमस्कार।

नायिका : (*मशीनवत्*) नमस्कार।

सूत्रधार : पहचाना नहीं? मैं सूत्रधार-नामधारी!
(नायिका बुत की तरह खड़ी।)

सूत्रधार : ऑफिस जा रही हैं?
(पेटीवाला अजीब सुर निकालता है।)

सूत्रधार : (*डाँटकर*) पेटीवाले...
(पेटीवाला झट् से हाथ हटाता है।)

नायिका : चलती हूँ। देर हो रही है...

सूत्रधार : रुकिए न तनिक! पूछने से यदि तकलीफ न होती हो—तो—वरना रहने दो...आगे क्या हुआ?

नायिका : आगे? किसके आगे?

सूत्रधार : उसने...वह आपको घर ले आया! आगे? (*नायिका खामोश*)

सूत्रधार : आप वहाँ से कैसे बच निकलीं? लग रहा था कि वह नराधम आपका खून करेगा या फिर... बलात्कार!

नायिका : अब क्या रखा है उसमें?

सूत्रधार : यह बात नहीं! पर, प्रेक्षकों के मन में उत्सुकता होगी न!

नायिका : ओ! यानी आपके प्रेक्षकों को सन्तोष प्राप्त होना चाहिए! है न! ठीक है—मैं कराटे-एक्सपर्ट हूँ! हमारे ऑफिस में एक बार ट्रेनिंग मिली थी! (*कराटे की आवाज़ें और हाव-भाव*)

मैंने प्रतिकार किया
संघर्ष किया—अन्तिम क्षण तक...
थकान से चूर-चूर हुई पर
छुड़ा पायी उसके जाल से...
मैंने वीरता दिखायी—
शर्मिन्दा बनाया पुरुषों को...
स्त्रियों के लिए दिखाया आदर्श...
इज्जत बचाने का...
मैंने
दिखा दिया स्वानुभव से
कि अबला सबला हो सकती है
यदि औरत ठान ले तो!
बलात्कार से बचने का रास्ता
दिखा दिया है मैंने
बलात्कार करनेवाले को
नाकों चने चबवाया है मैंने
यह मेरा काम
निश्चित ही है सत्कार योग्य!
महान!
अब देंगे मुझे अवार्ड...
'वीरांगना...फलानी...ढमकी!'
समारोह आयोजित होंगे
आना जरूर आप
तालियाँ पीटने।

(सूत्रधार का चेहरा ऐसा कि इस बात का यकीन नहीं कर पा रहा है।)

नायिका : क्या हुआ? आपको यह सच नहीं लग रहा है?

सूत्रधार : मुझे क्या! किसी को भी सच लगने जैसी बात नहीं है यह!

नायिका : क्यों? ऐसा क्या है इसमें कि जो सच न लग सके? नहीं होती हैं ऐसी स्त्रियाँ? नाटक-सिनेमा में नहीं देखते हम ऐसी महिलाएँ? क्या वह सब झूठी होती हैं? बलात्कार करनेवाले को सबक सिखानेवाली ... उसका लिंग काटनेवाली स्त्रियाँ...

सूत्रधार : यह सब फैंटसी है। स्वप्नरंजन।

(नायिका जाने लगती है।)

सूत्रधार : सच क्या है बताइए न जरा। चाहे तो संक्षेप में कहिए।

नायिका : और यदि वह आपको झूठ लगे तब?

सूत्रधार : क्यों झूठ लगेगा?

नायिका : यदि मैं कहूँ कि उसने मेरा बलात्कार किया। पहले तो मैं बेहद डर गयी, लेकिन बाद में मुझे बेहद शान्त लगा... तो...

सूत्रधार : क्या? झूठ है यह?

नायिका : मैंने पहले ही कहा था न? इसीलिए मैं बता नहीं रही थी।

सूत्रधार : आगे कहिए...

नायिका : जीवन के उनतीस वर्ष। और उस प्रकार का मेरा वह पहला ही अनुभव! मरणप्रायः वेदना देने वाला फिर भी अनोखा। अंनचाहा फिर भी खत्म न हो कि चाह जागृत करनेवाला। कुछ समझती मैं उसके पहले ही खत्म हो गया। मुझ पर थूककर, कपड़े पहनकर वह चला गया। ऐसा कि मानो कुछ हुआ ही न हो। न जाने मैं कब तक वैसी ही लेटी रही। फिर पता नहीं कब उठी। जैसे-तैसे चल पड़ी। घर पहुँची। अप्पा के घर। आते समय मैं उनके लिए कुछ लायी न थी। इसलिए वे झुँझलाए थे। माँ बैग को लेकर पूछताछ करने लगी। जब मैंने कहा कि 'खो गयी' तब वे भी गुस्सा हुईं बोलीं–'मामूली बैग सँभालते नहीं बनता। पति का घर कैसे सँभालेगी री?' मुझे हँसी आयी। किस पति का घर? और कौन सँभालेगा? मेरे हँसने के कारण वे और बरस पड़ीं। बोलीं–'बेहया कहीं की। तुझसे बात करने का मतलब ही नहीं, मैं तैयार हुई। ऑफिस के लिए निकल पड़ी। अब मैं चलूं? आपके प्रेक्षकों की सन्तुष्टि हुई। पूछिए उनसे।

सूत्रधार : (*अपराध भरे स्वर में*) सॉरी।

नायिका : (*जोर से*) किसलिए सॉरी। सँजोकर रखा जाय ऐसा एकमात्र अनुभव मेरी अंजुलि में समा गया है और आपको इस कारण दुख हो रहा है?

दुख? अन्यथा शायद यह सुख मुझे कभी न मिलता। मैं खुद इसे हासिल कर ही नहीं पाती। अपने बाप के डर के कारण मैं इसे नकारती ही रहती। एक पल क्यों न सही मैंने उसे जिया है। फिसलता पल... हाँ मैं ठीक से जी नहीं पायी। दुख इसी बात का है कि वह फिसलता पल मैं ठीक से जी नहीं पायी! आते-आते वह पल फिसल गया। खत्म हुआ। कोई बात नहीं। वह पल आया तो सही मेरे हिस्से! एक बार ही सही! आया न वह।

वह पल
आया तो था
इक बार ही सही।
अब काहे की शिकायत
कैसा गिला-शिकवा?
किसी के जीवन में वह
धूम-धाम से आता है
बारात के साथ!
किसी के जीवन में
वह पल
आता है आहिस्ता, दबे पाँव!
किसी से मिलता होगा
दिन दहाड़े—सबके सामने!
किसी के लिए आता होगा
अँधियारे में गर्म साँसें बन।
गिला-शिकवा कैसा भला?
कोई सँजोता होगा उसे सँभल-सँभलकर!
कोई उड़ाता होगा उसे रंगो की तरह।
कोई भोगता होगा उसे बार-बार प्यासा बन।
कोई एक ही बार मिलता होगा उसे समर्पित होकर।
गिला-शिकवा कैसा भला?
कोई जला लेता होगा खुद को आग में उसकी
कोई नहाता होगा बरखा बहार में उसकी।
किसी को गीत-संगीत लगता होगा।
लगने दो। गिला कैसा? और शिकवा क्यों?

कोई जीवन ऐसा भी होगा कि
उसमें वह आता ही न होगा।
सुलगने के पहले ही कोई चिनगारी
बुझ जाती होगी बेचारी।
मेरे साथ ऐसा तो हुआ न।
मेरी राह सुख चलकर आया और गया न।
हाँ सिर्फ झुलसी मैं!
वेदना शेष रही सिर्फ।
पर यह भी कुछ कम नहीं है।
तो फिर गिला-शिकवा कैसा?
उतना भर तो मिला
उस पल का नशा बेहोश होना...
यह कुछ थमा नहीं आँचल में
उस पल का स्वर्गीय संगीत
सुनने को मिला ही नहीं
उस पल की चाह
महसूस हुई ही नहीं
एक वहशी तूफान
धूल-धक्कड़ और
दलदल में धँसना ही था वह!
तहस-नहस कर
आवर्त-बवंडर में उलझाकर
जहरीला दंश कर वह चला गया
कुछ भी हो। फिर भी वह पल
आया तो सही। एक ही बार क्यों न हो।
वह पल रुक गया मेरे द्वार!
अब कैसा गिला-शिकवा भला?
अब काहे की शिकायत भली?
अब वह पल न आये तब भी कोई बात नहीं! यानी अब वह वैसा आएगा ही नहीं! (*शान्त स्वर में*) कह दीजिए आपके प्रेक्षकों से कि मैं सुख में हूँ। (*चली जाती है।*)

(पलभर के लिए सूत्रधार सन्नाटे से भरा हुआ।)

(पेटीवाला अपनी जगह पर उसे देखता बैठा हुआ है।)

सूत्रधार : (*प्रदीर्घ प्रश्वास!*) प्रेक्षको, अभी वह जो कहकर गयी है वह नाटक का कथन न होगा और होगा भी तब भी हम उसे गम्भीरता से न लें यही बेहतर रहेगा। अरे? अजीब है। यह कोई नाटक का अन्त हुआ? भरत मुनि कह गये हैं—नाटक का अन्त मन का उन्नयन करने वाला हो। शोक-करुण भी हो लेकिन मन को उच्च कोटि का आनन्द देने वाला हो। इस अन्त में ना शोक ना आनन्द। अतः हम परम्परागत अन्त कर दें? ओ पेटीवाले! (*इशारा करता है।*) (*पेटीवाला आर्या बजाता है।*)

सूत्रधार : संगीतमय—

उच्च कुल की नारी-पुत्री-वामा
स्व रक्षा करे प्राणपण से सदा
संस्कारों का दामन पकड़कर
कुल उन्नति करे सदा अथक!
निम्न कर्म करती यदि कोई कभी
समझिए जीवन-मरण व्यर्थ हुए सब पल में
और शेष रहते कलंक ही कलंक आमरण।
इतनी सीख ग्रहण करें
औ, नाटक भूल जाएँ हम!

(सूत्रधार के दीर्घ तान लेते-लेते ही पर्दा गिरता है।)

□□